격리된 아이

격리된 아이

김소연

윤혜숙

정명섭

차 례

격리된 아이

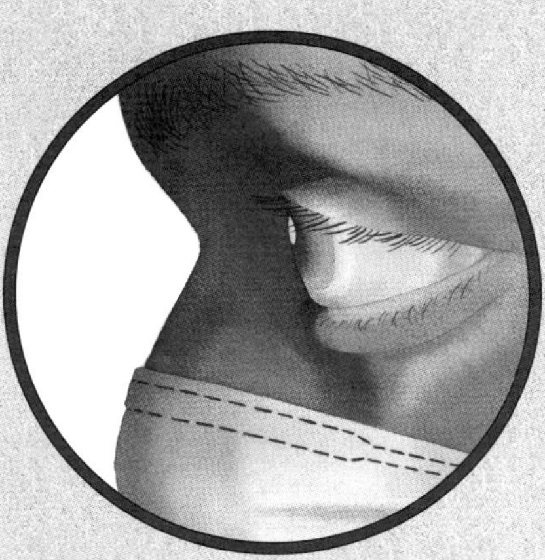

정명섭

1973년 서울에서 태어났다. 대기업 샐러리맨과 커피를 만드는 바리스타를 거쳐 전업 작가로 활동 중이다. 역사에 관심이 많으며, 남들이 잘 모르는 역사를 이야기하는 것을 좋아한다.
『미스 손탁』『유품정리사』『저수지의 아이들』『남산골 두 기자』 등 여러 책을 썼으며, 『로봇 중독』『대한 독립 만세』『일상 감시 구역』 등을 함께 썼다.

"뉴욕에서 왔니?"

인천 국제공항 검역소에서 만난 검역 요원의 물음에 도환이는 고개를 끄덕거렸다. 도환이는 뉴욕에서 오는 비행기 안에서 특별검역신고서와 건강상태보고서를 작성하고, 인천 국제공항에 도착해서 줄을 서는 동안 자가 진단 앱을 깔았다.

뉴욕으로 가느라 몇 번 들렀던 인천 국제공항에는 평상시와 다르게 긴장감이 흘러넘쳤다. 입국자 통로에는 한국어와 영어를 비롯한 외국어로 검사 절차가 적힌 배너가 감시병처럼 서 있었고, 공항 직원들은 모두 마스크를 쓰고 있었으며, 검역 요원들은 아예 온몸을 감싼 하얀 방호복을 입고 장갑과 고글까지 끼고 있었다. 뉴욕 라과디아 공항 출국장에서 노란색 방호복에 장갑을 착용하고 산소 호흡기까지 끼고 앉아 있던 중국인들을 많이 보아서 그런지 크게 놀랍지는 않았다. 계속 소독을 하는지 숨을 쉴 때마다 소독약 냄새가 마스크를 뚫고 코로 들어오는 것만 같았다. 이마에 온도계를 대고 체온을 확인한 검역 요원이 몸 상태에 관한 질문을 연달아 던졌다.

"자가 격리 앱은 깔았니?"

"네."

보여 달라는 손짓에 도환이는 주머니에 넣어 뒀던 핸드폰을 꺼내서 건네줬다. 앱을 확인한 검역 요원이 자신의 핸드폰으로 도환이에게 전화를 걸었다. 벨 소리가 나는 것을 확인한 검역 요원이 웃으며 핸드폰을 돌려주었다.

"별다른 증상이 없긴 하지만 해외 입국자는 검사 후에 2주 동안 자가 격리를 해야 하는 거 알고 있지?"

"엄마한테 들었어요."

"앱에 GPS 추적 기능이 있으니까 절대로 위치를 벗어나면 안 된다. 바로 확인할 수 있어."

"네, 알았어요."

도환이의 대답을 들은 검역 요원이 종이를 내밀었다.

"몇 가지 서류를 작성해야 하니까 저쪽에 가서 쓰고 가져다줄래?"

도환이는 검역 요원이 건네준 종이와 엄청나게 큰 캐리어를 끌고 옆에 있는 테이블로 갔다. 테이블에 꽂혀 있는 볼펜으로 격리통지서를 작성해 가져다주자 꼼꼼하게 살펴본 검역 요원이 몇 가지 질문을 던졌다.

"올해 고1?"

"네."

"근데 혼자 뉴욕에서 왔어?"

"부모님이 비행기 표를 못 구해서 저만 먼저 왔어요."

정확하게 부모 모두는 아니었지만 그런 복잡한 사정까지 설명하고 싶지는 않았다. 도환이에게서 눈을 뗀 검역 요원이 다시 격리통지서를 읽었다.

"자가 격리는 집에서 혼자 하니?"

도환이가 대답 대신에 고개를 끄덕거리자 검역 요원이 주소를 확인했다.

"프레지오시티면 영통 쪽 신도시에 새로 지은 아파트 맞지?"

"네, 정식 입주가 시작되진 않았는데 머물 수는 있다고 했어요."

마스크를 쓰고 있어서 잘 보이지는 않았지만, 검역 요원이 얼굴을 찡그린 것 같았다. 잠시 고민하는 듯하던 검역 요원이 격리통지서 수령증을 건네줬다.

"오느라 고생 많았다."

"감사합니다."

"일단 격리 시설에 들어가서 검사를 받아야 한다. 전담 공무원이 배정되고, 보건소로 가서 코로나 검진을 받아야 할 거야."

"네."

검역통지서를 받은 도환이는 캐리어를 끌고 검역소를 나왔다. 한쪽에 유증상자들이 대기하는 장소가 있었는데, 다들 표정이 어두웠다. 항상 사람들로 붐비던 인천 국제공항은 엄청 한산했다. 격리 시설행 버스를 타러 가던 도환이는 중간에 캐리어를 세워 두고, 뉴욕에 남아 있는 엄마에게 전화를 했다.

"엄마? 지금 도착했어."

"고생했다. 공항에서 검사는 잘했어?"

"응, 체온 체크하고 종이 쪼가리 작성하래서 했어."

"집에는 혼자 갈 수 있겠어?"

"일단 격리 시설로 가서 검사 먼저 받아야 한대."

"정말?"

"응, 검사받고 이상 없으면 집에서 자가 격리 한대."

"거기서 집까지는 어떻게 가고?"

"담당 공무원이 있다고 했으니까 물어볼게."

"그래, 무슨 일 있으면 바로 전화해. 집 비밀번호 알지?

"그럼. 미국은 어때?"

"난리도 아니야. 이 와중에 마스크도 안 하고 돌아다니는 사람들이 한둘이 아니다. 엄마도 여기 일 정리되는 대로 바로 갈게."

"언제쯤?"

"한 달 정도 있다가."

"알았어."

"할머니가 냉장고 채워 놨다고 했으니까 거기 있는 음식 먹고, 필요한 거 있으면 할머니한테 얘기해."

"그럴게."

"그래. 우리 아들 역시 용감해."

"도착해서 다시 톡 할게."

"알겠어, 아들."

엄마와 통화를 끝낸 도환이는 잠시 핸드폰을 만지작거렸다. 서울에 사는 아빠에게 연락할까 고민이 됐기 때문이다. 하지만 엄마에게 들은 얘기가 있어서 꾹 참았다.

작년에 미국에서 엄마와 대판 싸우고 한국으로 돌아간 아빠는 변호사를 통해 이혼 소송을 제기했다. 엄마는 아빠가 자기가 불리한 미국이 아니라 한국에서 소송을 제기했다며 펄펄 뛰었다. 몇 달 동안의 조정을 거쳐 이혼이 성립되었다. 그사이에 도환이는 엄마의 짜증과 한탄, 잔소리를 견뎌야 했다. 가난뱅이 유학생이던 아빠를 자수성가한 사업가로 만들어 줬더니만 이렇게 배신한다느니, 머리 검은 짐승은 거두는 게 아니라느니 하며 넋두리를 했다. 철이 든 뒤로 엄마 아빠 사이에 흐르는 미묘한 갈등과 긴장감을 느꼈던 도환이는 올 게 왔다는 생각뿐이었다.

그 후, 아빠가 한국에서 재혼했다는 소식이 전해졌다. 건너서 소식을 들은 엄마는 이혼한 지 반년도 지나지 않았는데 어떻게 그럴 수 있느냐며 불륜이 틀림없다고 화를 냈다. 그런 와중에 뉴욕에서 코로나바이러스가 급속도로 퍼졌다. 한인 타운에 있는 엄마의 가게들이 연달아 문을 닫으면서 도환이는 일단 상대적으로 안전한 한국으로 가기로 했다. 아빠에게 가는 게 아닌지 조마조마했는데, 다행히 엄마가 작년에 새로 산 아파트에서 지내기로 했다. 엄마는 아빠와 연락하지 말라고 했지만, 아빠 생각이 나는 건 어쩔 수 없었다.

고민하던 도환이는 핸드폰을 집어넣었다. 게이트 밖으로 나온 도환이는 캐리어를 끌고 격리 시설로 가는 버스에 몸을 실었다.

인천 국제공항을 빠져나온 버스는 어둠이 깔리기 시작한 도로를 따라 달렸다. 붉게 물들어 가는 하늘을 뚫고 뜨고 내리는 비행기들이 보였다. 마스크를 쓴 운전기사가 모는 버스 안에는 승객들이 드문드문 앉아서 핸드폰을 들여다보고 있었다. 마치 좀비들이 나타난 것처럼 인적이 끊긴 뉴욕과 달리, 한국은 사람들이 마스크를 썼다는 정도를 제외하고는 그나마 정상적인 생활을 하는 것 같았다.

뉴욕에서 엄마는 중국인과 비슷하게 생겼다는 이유로 한국인들을 향한 인종 차별이 심해지자 스트레스를 크게 받았다. 도환이를 혼자 한국으로 돌려보낸 이유도 바로 그 때문이었다. 힘겨움을 견디는 유일한 방법은 생각하지 않는 것이라는 사실을 일찌감치 깨달은 도환이는 엄마의 결정에 순순히 따랐다.

고속 도로를 따라 한참을 달리던 버스에서 깜빡 잠들었다가 깬 도환이의 눈에 낯익은 풍경들이 들어왔다. 작년 여름 방학 때 엄마 아빠와 함께 들렀던 경기도 영통 부근의 신도시였다. 이곳에 아파트를 분양받은 것은 한국에 남아 있는 할머니를 위해서였다. 아파트는 작년에 완공됐지만 여러 가지 이유로 정식 입주가 되지 않았고, 코로나 바이러스 사태가 터지면서 입주는 더욱 미뤄졌다.

도환이는 그곳을 지나 격리 시설로 사용되는 연수원에

밤늦게 도착했다. 입구에서 다시 발열 체크를 한 뒤, 한 명씩 엘리베이터를 탔다. 방으로 들어간 도환이는 캐리어를 놓고 그대로 침대에 누웠다. 다른 사람들은 한국에 돌아와서 가족을 비롯해 여기저기 연락하느라 분주했지만, 도환이는 딱히 연락할 친구가 없었다. 초등학교를 졸업하고 바로 미국으로 건너갔기 때문이다. 할머니도 데면데면하기는 마찬가지였다.

어느덧 잠이 든 도환이는 아침에 눈을 떴다. 문 앞에 놓여 있는 편의점 도시락을 먹고, 오후에는 지치고 불안해 보이는 어른들 사이에 끼어서 코로나바이러스 검사를 받았다. 검사를 끝내고 방으로 올라온 도환이는 침대에 누워서 충전한 핸드폰을 집어 들었다. 친구 목록을 죽 살펴보다가 기억나는 이름을 하나 찾았다.

"김채준……?"

초등학교 5학년과 6학년 때 같은 반이었는데, 엄청 수다스러웠던 기억이 났다. 채준이는 공부를 못한다는 이유로 엄마가 가깝게 지내지 말라고 한 친구였다. 그러나 이야깃거리가 아주 많은 친구라 도환이는 채준이와 종종 얘기를 나누곤 했다. 초등학교를 졸업하고 미국으로 가면서 연락이 끊겼지만, 전화번호를 저장해 두어서 카톡 친구 목록에는 남아 있었다. 갑자기 연락하려니 좀 어색했지만,

심심한 참이라 일단 카톡을 보내 보기로 했다.

오랜만…….

그런데 막상 할 말이 없어서 말줄임표까지 덧붙이고는 화면을 뚫어지게 바라봤다. 다행히 몇 분 후에 말풍선 앞에 달린 1이라는 숫자가 사라지고 답이 왔다.

이도환?

그래, 나다.

바로 답을 보내자 머리 위에 물음표를 잔뜩 단 이모티콘과 함께 메시지가 왔다.

미국이야?

아니, 어제 한국으로 돌아왔어.

왜? 코로나바이러스 때문에?

응. 그동안 뉴욕에 있었어.

거기 완전 작살났다며?
유튜브 보니까 살벌하던데?

외출하기가 어려웠어.
그래서 한국으로 온 거야.

요즘 들어오면 격리된다던데.

그래서 지금 호텔에 있어.

와! 끝내준다.

끝내주긴, 뭘.

아니, 그냥 신기해서.
집에서 자가 격리 하는 줄 알았거든.

음성 판정을 받으면 자가 격리 하래.

어디서 격리하는데?

프레지오시티에 있는 우리 집.

프레지오시티라고?

도환이는 고개를 끄덕거리는 이모티콘을 찾아서 보내

줬다. 그러자 잠시 후에 채준이가 답을 보냈다.

무슨 뜻이야?

너 진짜 몰라?

뭔 소리야?

소문에 그 동네에서 요즘
살인 사건이 일어났대.

진짜?

그렇다니까. 그 아파트 사는 사람들 몇 명이
집에 가다가 괴한한테 칼에 찔려 죽었대.

왜?

난들 알아? 그냥 완전 사이코패스라서
칼을 들고 어두운 곳에 숨어 있다가
누가 나타나면 달려들어서 푹 찌르고 튄대.

경찰은 뭐 하고?

그건 나도 잘 모르지.

아무튼, 그 동네 커뮤니티에
소문이 쫙 퍼졌대. 너도 조심해.

장난치는 거 아니야?

아니라니까. 암튼 조심하라고.

고맙다는 메시지를 보낸 도환이는 아랫입술을 깨물었다. 하필 혼자 머물러야 하는 아파트 단지에서 그런 일이 벌어졌다고 하니 몹시 난감하고 무서웠다. 핸드폰으로 '프레지오시티 살인 사건'을 검색해 봐도 별다른 정보가 나오지는 않았다. 채준이도 소문이라고만 했기에 일단 안심했지만, 찜찜한 기분을 거둘 수는 없었다.

"왠지 신경 쓰이네."

그사이 채준이가 보낸 메시지가 핸드폰에 떴다.

프레지오시티를 지은 곳이
옛날에 공동묘지였대.

묘지 위에 아파트를 지었다고?

응. 그래서 살인범이 사람이 아니라
공동묘지에 묻힌 귀신이라는 얘기도 있어.

그게 말이 되냐?

안식을 방해해서 죽였다는 거야.

귀신한테는 일종의 층간 소음이겠지.

층간 소음 때문에 사람도
죽이는 세상이잖아.

얼토당토않은 얘기라고 생각했지만, 그래도 살짝 겁이 났다. 도환이는 채준이와 시시콜콜한 얘기를 좀 더 나누고 카톡을 끝냈다. 핸드폰을 가슴에 품은 채 천장을 올려다보던 도환이가 중얼거렸다.

"귀신이라고……?"

코로나바이러스 검사 결과는 이튿날 오후에 나왔다. 음성 판정을 받은 도환이는 눈을 감고 한숨을 내쉬었다. 양성이 아니라서 다행이지만, 불가사의한 사건이 벌어지는 집으로 가야 한다는 사실이 꽤 신경 쓰였던 탓이다. 검사 결과가 나온 날 저녁, 자신을 전담 공무원이라고 소개한 하 과장에게서 전화가 왔다.

"도환이 맞지?"

다짜고짜 반말이라서 기분이 나빴지만, 도환이는 꾹 참

고 대답했다.

"맞는데요."

"결과가 음성으로 나왔어도 너는 해외 입국자여서 2주간 자가 격리를 해야 해. 프레지오시티로 간다고?"

"거기 어머니 집이 있어서요."

"같이 지낼 가족은?"

"없어요."

집 주소를 물어본 하 과장은 몇 시간 후에 데리러 오겠다는 말을 하고 전화를 끊었다. 어차피 검진 결과가 나오면 격리 시설에서 나가야 했기 때문에, 도환이는 짐을 챙겨 넣은 캐리어를 문밖에 가져다 놨다. 그러고는 몇 시간 동안 텔레비전을 보면서 시간을 보내다가, 도착했다는 하 과장의 전화를 받고는 1층으로 내려갔다. 마지막으로 로비에서 발열 체크를 하고, 퇴소한다는 내용의 서류에 서명하자 검역 요원이 도환이의 어깨를 토닥였다. 마스크에 고글까지 끼고 있어서 말을 나누기는 어려웠지만, 도환이도 고개를 숙여 인사했다.

이중 유리문을 지나 밖으로 나오자 감색 점퍼를 입은 하 과장이 보였다. 목에 공무원증을 건 하 과장이 다가와 주차장 쪽에 있는 택시 한 대를 가리켰다.

"택시 불렀으니까 타고 가. 택시비는 미리 냈어."

"고맙습니다."

도환이가 고개를 꾸벅 숙이며 대답하자 하 과장이 비닐에 싸인 일회용 체온계를 건넸다.

"내일 아침에 일어나면 체온 확인해서 앱에 입력해라. 앱은 깔았지?"

"네."

"거기에 매일 두 번씩 체온을 입력해야 해. 필요한 물품들은 내일 가져다줄 테니 필요한 거 있으면 얘기하고."

도환이는 고개를 끄덕거렸다. 하 과장이 어서 가라고 손짓하자 도환이는 택시를 향해 종종걸음을 쳤다. 캐리어를 끌고 오는 모습을 봤는지 마스크를 쓴 기사가 차에서 나와 트렁크를 열어 주었다. 도환이는 캐리어를 트렁크에 넣은 다음 뒷자리에 탔다.

앞좌석과 뒷좌석 사이에는 두툼한 비닐로 된 커튼을 쳤고, 뒷좌석 시트에는 알코올 소독제가 놓여 있었다. 기사는 백미러로 도환이가 탔는지 확인한 뒤 출발했다. 알코올 소독제로 손을 닦아 낸 도환이는 시트에 몸을 기댔다. 그리고 핸드폰을 보려다 바깥 풍경이 궁금해서 창밖을 내다보았다. 어둠이 깔리면서 거리에는 네온사인이 빛났고, 가로등도 하나둘씩 불을 밝혔다. 거리를 오가는 사람들이 모두 마스크를 써서 그런지 분위기가 무겁게 느껴졌다.

반백의 택시 기사는 백미러로 도환이를 몇 번 쳐다볼 뿐, 말은 걸지 않았다.

'프레지오시티' 표지판이 있는 2차선 도로로 들어간 택시는 단지 입구에 멈췄다. 금박으로 '프레지오시티'라고 새겨진 아치형 입구에는 차단기가 내려와 있었다. 고개를 돌린 택시 기사가 더는 못 간다는 손짓을 했다. 도환이는 알겠다고 대답하고는 문을 열고 내렸다. 트렁크에서 캐리어를 꺼내자 택시는 기다렸다는 듯 출발했다.

심호흡을 한 도환이는 캐리어를 끌고 단지 입구로 들어섰다. 30층 높이의 고층 아파트가 스무 동이 넘는 프레지오시티는 마치 거인들이 사는 도시 같았다. 중간중간 공원과 주차장이 있었고, 각종 배너와 현수막 따위가 바람에 힘없이 펄럭였다. 하늘을 찌를 듯이 높았지만, 한 동에 서너 곳만 불이 켜져 있어서 썰렁하고 어둡기 그지없었다. 가로등도 거의 다 꺼져 있어서 드르륵거리는 캐리어의 바퀴 소리가 어둠을 맴돌았다. 단지 안이 꽤 넓은 데다, 도환이가 가야 하는 29동은 맨 안쪽이라서 붉은색 벽돌이 깔린 보도블록을 따라 한참을 가야 했다.

터덜거리는 발소리와 드르륵거리는 캐리어 바퀴 소리 사이로 끼어드는 낯선 소음을 깨달은 것은 절반쯤 왔을 때였다. 놀란 도환이가 걸음을 멈추자 따라오던 소리도 멈추었다. 하지만 다시 발걸음을 떼자 사라졌던 소리가 또다시 뒤따라왔다.

'무슨 소리지?'

휘파람 소리 같기도 하고, 칼처럼 날카로운 금속을 긁는 소리 같기도 했다. 확실한 건 굉장히 기분 나쁘고 위험하게 느껴진다는 거였다. 게다가 채준이한테 들은 얘기가 있어서 더 겁이 났다. 몇 발짝 걷던 도환이는 갑자기 걸음을 멈추고 뒤를 돌아봤다. 그러자 불이 켜지지 않은 가로등 아래에서 부스럭거리는 소리가 들렸다. 어둠에 가려졌지만, 거기에 뭐가 있는 게 분명했다. 마치 먹이를 기다리는 맹수처럼 이쪽을 쳐다보며 숨을 죽이고 있는 것만 같았다.

'아직 한참 가야 하는데.'

캐리어를 버리고 뛰어서 도망칠까도 생각해 봤지만 가야 할 길이 너무 멀었다. 그때 불 꺼진 가로등 아래에서 철컹거리는 소리가 났다. 소름이 오싹 돋았다. 그러나 등을 보이고 도망치면 끝장날 것 같았다. 천천히 뒷걸음질로 물러나던 도환이는 문득 주머니 속의 핸드폰을 떠올렸다. 재빨리 핸드폰을 꺼내서 뉴욕에 있는 엄마에게 전화를 걸었다. 다행히 신호가 몇 번 가지 않고 통화가 연결됐다.

"도착했니?"

잠에서 깬 듯한 엄마의 목소리에 도환이는 어둠 속에서 자신을 응시하는 존재가 들으라는 듯 큰 소리로 말했다.

"응, 지금 택시에서 내려서 아파트 단지로 들어왔어."

"한국은 지금 몇 시야?"

"10시쯤."

"늦었네."

"검사랑 이것저것 하느라고. 뉴욕은 별일 없어?"

"매일매일이 지옥이지. 좀처럼 끝날 기미가 안 보여."

엄마와 얘기를 나누면서 천천히 걷던 도환이는 가로등 아래의 존재가 어느 순간 사라진 것을 깨달았다. 이상한 소리가 더는 들리지 않았다. 한숨을 쉰 도환이는 엄마에게 말했다.

"이제 집에 다 왔어."

"그래. 들어가서 쉬어라."

졸린 목소리의 엄마는 기다렸다는 듯 전화를 끊었다. 도환이는 부지런히 발걸음을 옮겼다. 다행히 누가 쫓아오지는 않았다. 유리문을 열고 들어가서 엘리베이터를 탄 뒤 27층 버튼을 눌렀다.

땡 하는 소리와 함께 엘리베이터 문이 열렸다. 그러자 맞은편에 있는 현관이 보였다. 복도의 센서 등이 갑자기 켜지자 도환이는 흠칫 놀라며 서둘러 도어 록으로 다가갔다. 하지만 긴장한 탓인지 번호를 제대로 누르지 못했다.

그때 엘리베이터가 작동하는 소리가 들렸다. 고개를 돌리자 엘리베이터가 아래로 내려가는지 숫자가 빠르게 줄고 있었다.

"누구지?"

입주자가 거의 없다는 얘기를 들은 터라 덜컥 또 두려워졌다. 거기다 아래로 내려갔던 숫자가 어느새 10층을 넘어서 계속 올라오고 있었다.

"빨리 좀 열려라!"

마음이 급해서인지 도환이는 자꾸 틀린 번호를 눌렀다. 엘리베이터가 20층을 넘어서는 걸 확인한 순간, 겨우 번호를 제대로 눌렀다.

"으아악!"

당장이라도 엘리베이터 문이 열리고 누가 튀어나올 것만 같아 도환이는 필사적으로 문을 열고 안으로 몸을 날렸다. 먼저 밀어 넣은 캐리어에 걸려서 넘어졌지만, 아픔을 느낄 겨를도 없이 벌떡 일어나 문손잡이를 잡았다. 그러고는 한 손으로 잽싸게 도어체인을 걸었다. 도어 록이 닫히는 소리가 들리자 마음이 놓이는 한편, 대체 누가 올라오고 있는지도 궁금했다.

도환이는 현관문의 외시경에 한쪽 눈을 갖다 댔다. 센서 등이 아직 켜져 있어서 복도가 환히 보였다. 엘리베이터는 27층에서 멈추지 않고 위로 올라갔다. 도환이는 긴장이 풀려서 그대로 주저앉았다. 한 층이나 두 층 위에서 엘리베이터 멈추는 소리가 들리자 같은 동에 사는 입주자라는 생각이 든 것이다.

"착각이었구나."

한숨을 돌리고 일어서는 순간, 도환이는 뭔가 이상한 점을 깨닫고는 위쪽을 바라봤다.

"문 열리는 소리가 안 들리잖아."

30층짜리 아파트라 위로는 3층밖에 없는데, 도어 록을 여는 소리가 들리지 않았다. 마른침을 삼킨 도환이는 벌떡 일어나서 외시경에 다시 눈을 갖다 댔다. 센서 등이 꺼져서 어두컴컴해진 복도에 뚜벅거리는 발소리가 울렸다.

"내, 내려오는 거야?"

시선을 옆으로 돌려 봤지만, 고정된 외시경은 계단의 끝자락밖에는 보여 주지 않았다. 발소리가 점점 더 크게 들리는 가운데, 마침내 검은색 신발 끝이 보였다.

'누구지?'

신발의 주인이 복도에 모습을 드러냈다. 검은색 스냅백을 푹 눌러쓰고 하얀색 마스크를 쓴 남자였다. 복도에 선 남자는 어둠 속을 두리번거리다가 바로 옆집 문 앞에 섰다. 마치 27층에 사는 누군가를 찾는 것 같았다.

'뭘 찾는 거지?'

27층 엘리베이터 주변에는 네 개의 문이 있었다. 직접 보지 못했기 때문에 남자는 도환이가 어떤 문으로 들어갔는지 알 리가 없었다. 그 생각에 다소 안도감이 들었지만, 그런 마음을 꿰뚫어 보기라도 한 듯 도환이네 집의 초인종이 울렸다. 놀란 도환이는 터져 나오는 비명을 참으려고 두 손으로 입을 틀어막았다.

동시에 복도에서 쩌렁쩌렁한 목소리가 들려왔다.

"치킨 왔습니다. 문 앞에 놓고 갈게요."

문밖에서 비닐봉지 부스럭거리는 소리에 이어 엘리베이터 문이 열리는 소리가 났다. 비틀거리며 일어난 도환이는 외시경으로 밖을 살펴봤다. 스냅백을 쓴 치킨 배달원을 태우고 막 닫히는 엘리베이터가 보였다. 도환이는 가슴을 쓸어내리며 살짝 문을 열었다. 문 옆에 비닐봉지에 든 종이 박스가 있었고, 박스에는 노란색 메모지가 붙어 있었다. 도환이는 메모지를 떼어 급하게 갈겨쓴 듯한 글씨를 읽었다.

"사랑하는 손자의 귀국을 축하하며, 할머니가."

그제야 할머니가 보낸 치킨이라는 사실을 깨닫고 도환이는 땅이 꺼져라 한숨을 쉬었다. 그래도 혹시 몰라 도어체인까지 걸어 놓은 뒤, 도환이는 치킨 박스와 캐리어를 가지고 거실로 와서는 집 안의 불을 모두 켰다. 할머니가 알면 기겁할 일이겠지만 어쨌든 어둠이 두렵고 싫었다. 거실 한쪽에 있는 부엌의 냉장고와 찬장에도 메모지들이 붙어 있었다. 할머니가 음식을 채워 넣으면서 써 놓은 것들이었다. 어디에 뭐가 있으니 챙겨 먹으라는 내용의 메모를 하나하나 읽고 나서 도환이는 거실 소파에 몸을 던졌다. 낯설긴 하지만 집이라는 공간에 있다는 사실에 마음이 놓였다. 하지만 동시에 정체불명의 존재가 뒤를 쫓아왔을지 모른다는 두려움이 함께 밀려왔다.

"어쨌든 여긴 안전하겠지?"

자신에게 물어보는 듯한 질문을 던지며 도환이는 주섬주섬 치킨 박스를 열었다.

이튿날, 도환이는 아침 8시 반에 맞춰 놓은 알람음에 눈을 떴다. 일어나자마자 핸드폰의 자가 격리 앱을 켰다. 체온계를 입에 문 채 자가 진단 항목을 순서대로 확인했다. 그러고는 입에 물었던 체온계를 빼서 체온을 확인하고 차례차례 체크했다.

"열 또는 발열감이 있습니까? 아니요. 기침이 나옵니까? 아니요. 인후통이나 호흡 곤란 증상이 있습니까? 아니요.”

도환이는 하나하나 ‘아니요’에 표시하고 제출 버튼을 누른 뒤, 바로 하 과장에게 자가 진단을 제출했다는 문자를 남겼다. 잠시 후, 잘했다면서 한 시간 안에 생활용품과 위생용품을 가져다주겠다고 답이 왔다. 그런 물건들은 집에 잔뜩 있었지만 거절하기 귀찮아서 그냥 놔뒀다. 우여곡절 끝에 돌아온 한국이라 그런지 마음이 따뜻했다.

엄마와 아빠는 사이가 나빴지만 도환이를 미국에 있는 학교에 보내고 싶어한 것만큼은 생각이 일치했다. 하지만 도환이는 툭하면 손가락으로 눈을 찢는 시늉을 하고 도망치는 아이들이 가득한 미국의 학교에 도통 적응되지 않았다. 그래서 코로나바이러스 때문에 당분간 한국에 가야 한다고 했을 때 아주 반가웠다. 엄마는 재혼한 아빠가 연락할까 봐 끝까지 도환이를 한국으로 보내지 않으려고 했지만 할머니의 설득이 통한 것이다.

이런저런 생각을 하다가 도환이는 베란다로 가서 바깥을 내려다봤다. 아직 정식 입주가 안 된 탓인지 오가는 사람이 드물었다. 차들도 한두 대 정도만 움직이고 있었다. 그때 저 멀리 단지 입구로 들어오는 노란색 경차 한 대가 보였다. 물끄러미 바라보던 도환이는 차가 29동 앞에 멈추자 고개를 베란다 밖으로 빼꼼 내밀었다. 차에서 내린 남자가 커다란 쇼핑백 두 개를 한 손에 들고 다른 손으로 핸드폰을 만지작거렸다. 핸드폰 벨 소리가 울리자 도환이는 재빨리 달려가 전화를 받았다.

"여보세요?"

"집에 있지? 베란다로 나와 볼래?"

"네."

핸드폰을 든 채 베란다로 나가자 하 과장의 목소리가 들렸다.

"27층 맞지?"

"네. 노란색 차 타고 오셨어요?"

"맞아. 손 한번 흔들어 봐."

도환이는 하 과장이 시키는 대로 핸드폰을 들지 않은 손을 흔들었다. 그러자 하 과장이 머리 위로 손을 들어 OK라는 사인을 보냈다.

"현관 앞에 놔둘 테니까 가져가라. 절대 밖으로 나오면 안 되고, 어쩔 수 없이 나와야 할 일이 생기면 나한테 꼭 연락해야 한다."

"네, 알겠어요."

"자가 격리 중에 무단이탈하면 처벌을 받는다. 문제는 그게 아니라, 외국에서 코로나바이러스를 피해 한국으로 돌아왔는데 여기에 피해를 주면 안 되잖아. 그치?"

도환이는 기분이 나빴지만 틀린 얘기는 아니라서 알겠다고 대답했다. 하 과장이 아파트 안으로 발걸음을 옮기자 도환이는 통화를 끝내고 거실로 들어왔다. 잠시 후, 엘리베이터 멈추는 소리에 이어 현관 앞에 뭔가를 끌어다 놓는 소리가 들렸다. 엘리베이터 문이 닫히는 소리까지 듣고 나서 도환이는 도어체인을 풀고 현관문을 열었다. 현관 앞에 종이 쇼핑백 두 개가 놓여 있었다. 후딱 정리해야겠다고 생각하는 참에 채준이에게 카톡이 왔다.

어디야?

어디긴.

자가 격리자가 집에 있어야지.

말로만 듣던 자가 격리자가 요기 있네?

놀리니까 재밌냐?

격리하면 이것저것 보내 준다며?

응, 방금 잔뜩 받았어.

야! 언박싱 좀 해 봐.

이게 무슨 상품도 아닌데 뭐.

그래도 궁금하잖아. 응?

채준이의 거듭된 채근에 도환이는 거실에 주저앉아서 쇼핑백을 뒤집었다. 그리고 와르르 쏟아져 나온 것들을 하나씩 정리했다.

이건 위생용품이 든 쇼핑백인가 보다.
마스크랑 손 소독제가 있어.

손 소독제는 눌러서 쓰는 젤 같은 거랑
분무기 같은 게 하나씩이야.

분무기는 소독할 때 뿌리는 건가 본데?

채준이가 아는 척하는 사이, 도환이는 마스크를 집었다.

일회용 체온계랑 KF94 마스크랑
덴탈 마스크도 있어.

뉴욕에서는 진짜 구하기 힘들었는데.

여기도 얼마 전까지 없었어.
마스크 5부제 하면서 좀 풀렸지.

그리고 물티슈랑 자가 격리 관리 매뉴얼…
쓰레기봉투가 있는데 좀 골 때리게 생겼네.

어떻게 생겼는데?

주황색에 좀비 마크가 붙어 있어.

뭔지 알아. 완전 웃기네. 뭐 먹을 것도 왔어?

채준이가 묻자 도환이는 좀 더 큰 쇼핑백을 뒤집었다. 그리고 쏟아져 나온 걸 보고 감탄사를 남겼다.

와!

뭐가 왔는데?

도환이는 한 손으로 물건들을 집으면서 다른 한 손으로 메시지를 보냈다.

햇반이랑 컵라면, 김치, 참치 캔 같은 거. 와! 김이랑 제육 덮밥도 있어.

너도 확찐자 되겠다.

뭐?

확진자 말고 확찐자.
자가 격리 하면서 먹기만 하면 살이 확 찐다고 해서 확찐자라고 해.

그랬구나. 몰랐어.

먹지만 말고 운동도 해.
금방 찐다더라.

집에 운동 기구 하나 있으니까 그걸 써 볼게.

암튼 잘 지내라.

도환이는 채준이가 슬슬 대화를 마치려는 기미를 보이자 서둘러 물었다.

프레지오시티에서 살인 사건이 일어났다고 하지 않았어?

아, 그 소문~

직접 본 사람은 없고?

있어도 죽었겠지.
보이는 족족 죽이고 다닌다잖아.

경찰이 조사 안 한대?

워낙 신출귀몰해서 못 잡는대.

거기다 검은색 모자에 하얀색 마스크를 쓰고
다녀서 얼굴도 확인할 수 없고 말이야.

채준이의 메시지를 본 도환이는 어제저녁 문 앞에 치킨을 놓고 간 치킨 배달원을 떠올렸다. 그 사람도 검은색 모자에 하얀색 마스크를 쓰고 있었다.

요즘 마스크 쓰고 다니는 사람이
한둘이 아니잖아.

그래서 더 못 잡는다는 소문이야.
칼로 죽이는 게 아니라 코로나바이러스를
퍼뜨려서 죽인다는 얘기도 있어.

말도 안 돼.

그럼 지금 이렇게 코로나바이러스로
전 세계가 쑥대밭이 된 건 말이 되고?

생각해 보니까 틀린 얘기는 아니라서 '오케이'라고 적힌 이모티콘을 보내 줬다. 그러자 채준이가 웃는 고양이 이모티콘과 함께 메시지를 보냈다.

태세 전환 봐라. ㅉㅉㅉ

오랫동안 카톡을 주고받느라 다리가 살짝 저려 왔다. 도환이는 핸드폰을 든 채 허리를 펴고 일어나 베란다로 향했다. 낮이 되면서 사람이 좀 더 많아지긴 했지만 그래도 손에 꼽을 정도였다. 유모차를 끌고 나온 아기 엄마가 보였다. 그 앞에서는 세발자전거를 탄 아이가 맴을 돌았고, 아버지로 보이는 추리닝 차림의 남자가 벤치에 앉아서 아이와 핸드폰을 번갈아 가며 보고 있었다. 그리고 그 옆, 지하 주차장 입구에는 어떤 남자가 우두커니 서 있었다. 마침 도환이가 있는 29동을 올려다보면서 한쪽 손을 들고 층수를 세는 듯했다.

무심코 그 모습을 본 도환이는 카톡을 보내다 말고 하

마터면 핸드폰을 떨어뜨릴 뻔했다. 그 남자가 검은 모자에 하얀 마스크를 쓰고 있었기 때문이다. 얼른 정신을 차리고 다시 내려다봤지만, 남자는 보이지 않았다. 도환이가 난간 밖으로 고개를 쑥 내밀고 이리저리 살펴보아도 검은 모자를 쓴 남자를 찾을 수는 없었다. 아주 잠깐 답장을 적느라 눈을 뗐을 뿐이고 아파트 단지는 무척 넓었기 때문에 남자가 순식간에 보이지 않는다는 사실이 당황스러웠다. 까치발을 하고 이리저리 둘러보는 동안 채준이에게 카톡이 왔다.

뭐 해? 갑자기 아무 대답도 없네.

어, 그냥 잠깐 짐 정리했어.

나도 이제 온라인 수업
들어야 하니까 빠이.

빠이.

채준이와 카톡을 끝내고도 도환이는 한참 동안 남자를 찾아서 두리번거렸다. 하지만 그 후로는 찾을 수 없었다. 어젯밤에 느꼈던 두려움에 찜찜함이 더해져 도환이는 한동안 거실을 빙빙 돌았다. 마음이 점점 불안하고 답답해졌다. 갑자기 아파트가 감옥같이 느껴져 나가고 싶었지만, 자가 격리 중이라 함부로 나갈 수는 없었다.

'하 과장님한테 말할까?'

그렇지만 범인이 누군지도 모르고 정확한 얘기도 아닌데 하 과장이 신경이나 쓸까 하는 생각이 들었다. 뉴욕에 있는 엄마는 딱히 해 줄 수 있는 게 없고, 아빠에게 연락하자니 애매했다. 늘 교회만 오가는 할머니가 도움이 될 것 같지도 않았다. 결국 문이나 잘 잠그고 있어야겠다는 결론에 도달한 도환이는 소파에 누워 텔레비전 리모컨을 집어 들었다.

자가 격리의 일상은 지루하게 반복되었다. 하루에 두 번, 오전과 오후에 체온을 재서 자가 격리 앱에 입력하고, 가끔 뜬금없이 연락하는 하 과장의 전화를 받는 게 전부였다.

심심하면 베란다에 나가서 지나가는 사람들을 구경했다. 그러면서 정체불명의 검은 모자를 찾아보려고 했지만, 그날 이후로는 보이지 않았다. 프레지오시티를 배회하는 정체불명의 존재를 놓고 입주민 커뮤니티에서도 이런저런 얘기들이 오갔다.

무서워요ㄷㄷ...

작성자: XXXX 2020.XX.XX 20:04

요즘 살인 사건이다 뭐다 소문이 너무 흉흉한데
뭔가 대책을 세워야 하는 거 아니에요?

그 게시글 아래에는 수많은 댓글이 달렸다.

↳ 아직 정식 입주가 되지 않아서 경찰이 순찰을 잘 안 오나 봐요. 가로등이라도 켜 놨으면 좋겠는데 말이죠.

↳ 우리 애들도 학교에서 그 소문 들었대요. 프레지오시티 산다고 놀림을 받았다는 얘기를 하는데, 정말 속상하더라고요.

↳ 내 생각에는 그냥 괴담 같아요. 소문만 돌고 직접 본 사람은 없잖아요. 괜히 집값 떨어뜨리는 빌미 주지 말고 확실해질 때까지 조용히들 계세요. 이러다 집값 떨어지면 누가 책임질 거예요?

이 와중에도 돈 얘기가 나오는 것을 보고 도환이는 고개를 절레절레 저었다.

'어른들은 이런 상황에서도 돈을 따지는구나.'

도환이는 쓴웃음이 나왔다. 신기하게도 다들 집값 얘기

에 수긍하는 듯했고, 소문을 최초로 언급한 사람이 미안하다는 글을 올리면서 커뮤니티는 잠잠해졌다. 그렇지만 마무리는 되지 않은 셈이다. 집값 운운하면서 조용히 하라고 했던 사람이 미안했던지 순찰을 자주 돌아 달라고 건의하겠다는 글을 올리면서 분위기는 화기 애매하게 끝났다.

입주민 커뮤니티에 올라온 글을 읽어 내려가던 도환이는 머리가 아팠다. 코로나바이러스에 더해 정체불명의 사람이 아파트 단지를 배회하고 있는 으스스한 상황을 집값이 이겨 버린 것이다. 엄마 아빠를 포함해서 어른들은 정말 이해하기 힘들다는 생각을 하며 도환이는 또 한숨을 내쉬었다.

그렇게 며칠이 지나갔다. 여전히 하루에 두 번 체온을 재서 자가 격리 앱에 체크하고, 불시에 걸려 오는 하 과장의 전화를 받는 것 말고는 딱히 할 일이 없었다. 무료함을 달래기 위해 아무리 넷플릭스를 보고 유튜브를 봐도 시간이 가질 않았다. 도환이는 일부러 시간을 보낼 만한 일을 찾아봤다.

"달고나 커피?"

유튜브에 들어가니 달고나 커피 만드는 방법이 여럿 나

왔다. 그중에 한 영상을 몇 번이고 들여다본 다음, 도환이는 부엌으로 달려갔다. 다행히 찬장에 달고나 커피의 재료가 될 만한 것들이 있었다.

식탁에 재료들을 가지런히 올려놓고 도마를 준비하고서 도환이는 의자에 앉았다. 그런 다음 도마에 핸드폰을 걸쳐 놓고는 채준이에게 영상 통화를 걸었다. 잠시 후, 화면 가득 채준이의 얼굴이 나타났다. 예전보다 콧구멍이 더 커진 것 빼고는 별로 변한 데가 없어 보였다.

헤드셋을 쓴 채준이가 화면을 들여다봤다.

"집이야?"

"그럼 자가 격리자가 어딜 가겠어?"

"카톡 안 하고 웬일?"

"달고나 커피 만드는 거 보여 주려고."

"나 바빠."

"게임 하냐?"

"반 대항전 하려고. 옆 반 놈들이 자꾸 신경을 건드리잖아. 짜져 있으라고 했더니 기어오르더라고."

"알았다. 파이팅!"

"그래. 너 자가 격리 끝나면 한번 보자."

채준이가 통화를 끝내자 화면은 다시 어두워졌다. 엄마한테 보여 줄까 하다가 미국 현지 시간을 확인하고는 포기했다. 도환이는 그냥 빈 화면에 대고 마치 유튜브에서 실시간 방송을 하듯 달고나 커피를 설명했다.

"안녕하세요? 자가 격리 중인 이도환입니다. 집에 있기도 심심하고 딱히 할 일이 없어서 요즘 유행하는 달고나 커피 만들기에 도전해 보겠습니다. 먼저 기억해야 할 것은 333 법칙입니다. 설탕이 들어가지 않은 커피 세 스푼, 설탕 세 스푼 그리고 마지막으로 물 세 스푼입니다. 물은 따뜻한 물이 좋지만, 너무 차갑지 않은 정도여도 괜찮습니다. 이 재료들을 볼에 넣어서 저어 주세요."

도환이는 잠시 말을 끊고 알루미늄 볼에 커피 가루와 설탕, 물을 세 스푼씩 넣어서 숟가락으로 저어 가며 적당히 섞었다. 그리고 부엌에서 미니 블렌더를 가져왔다.

"자! 이제 잘 저어 주는 일만 남았습니다. 달고나 커피는 4천 번을 저어야 완성된다고 하는데, 솔직히 손으로 젓기에는 너무 힘들죠. 그래서 미니 블렌더로 저어 주겠습니다."

도환이는 핸드폰의 빈 화면에 대고 미니 블렌더를 작동했다. 위잉 하는 소리와 함께 커피와 설탕, 물이 소용돌이를 일으키며 제대로 섞였다. 잠시 미니 블렌더를 멈춘 도환이가 화면에 대고 말했다.

"잘 섞으려면 볼을 한쪽으로 기울여서 고이게 한 다음

에 섞는 게 좋습니다. 자, 색깔이 거무죽죽하게 변했네요. 아직 멀었습니다."

유쾌한 목소리로 말하고 도환이는 다시 미니 블렌더를 켰다. 그리고 생겨나는 소용돌이를 보며 가족을 떠올렸다.

미국 유학을 할 정도로 머리가 좋았지만 가난한 집안에서 태어난 아버지는 성공을 향한 욕망이 컸다. 반면, 어느 정도 재력이 있는 집안에서 자라난 엄마는 가정에 무게를 두었다. 부모님은 마치 소용돌이처럼 휘말리며 내내 싸우고 또 싸웠다. 게다가 엄마 집안까지 가세하자 아빠는 사위 대접도 안 해 준다고 맨날 화를 냈다. 결국 아빠는 작년에 집을 나가 한국으로 돌아갔다.

떠나기 전날, 술에 취해서 들어온 아빠는 도환이에게 자신을 이해해 달라고 했다. 덜컥 겁이 난 도환이는 알겠다고 대답했지만, 사실은 아빠를 전혀 이해할 수 없었다. 내내 아빠에게 소리 지르던 엄마 역시 이해 안 되기는 마찬가지였다.

이런저런 생각에 잠겼던 도환이는 퍼뜩 정신을 차리고 미니 블렌더를 껐다. 검은색이던 거품이 걸쭉한 황금색으로 바뀌어 있었다.

"완성입니다. 완성된 달고나 거품은 보다시피 이런 색깔이고요. 들어 보면 바로 흐르지 않고 걸쭉한 상태입니다. 다음으로 우유를 준비해야 하는데, 잠시만요."

우유를 유리잔에 담아 온 도환이는 그 위에 황금색 달고나 커피를 살살 부었다. 그리고 우유 잔을 핸드폰 앞으로 가져갔다.

"짜잔! 드디어 달고나 커피가 완성됐습니다. 진짜 먹음직스러운 색깔이네요. 제가 한번 마셔 보겠습니다."

도환이는 유리잔에 입을 대고 한 모금을 살짝 마셨다. 차가운 우유와 달고나 거품이 섞이면서 달콤하면서도 진한 맛이 났다. 도환이가 만족스러운 표정을 지으며 윗입술에 묻은 우유를 혀로 핥았다.

"진짜 맛있네요! 코로나바이러스 때문에 집 밖으로 나가지 못하는 분들은 한번 만들어 드셔 보세요. 시간도 잘 가고 맛도 있네요."

이어서 무슨 말을 할까 고민하는데 전화벨이 울렸다. 핸드폰 화면에 '하 과장'이라는 글씨가 보였다. 도환이는 잽싸게 핸드폰을 집었다.

"여보세요?"

"나다. 지금 집에 있니?"

"그럼요."

그럼 어딜 갈 것 같으냐고 대꾸할까 망설이고 있는데, 엘리베이터 문이 열리는 소리가 들렸다. 그리고 잠시 후에 초인종 소리가 울렸다. 도환이가 현관 쪽으로 가면서 물었다.

"여기 오신 거예요?"

"문 앞이야. 마스크 쓰고 나와라."

"아! 알겠습니다."

거실로 가서 급하게 포장을 뜯어 마스크를 쓰고 현관문을 열었다. 문 앞에 검은색 점퍼 차림의 하 과장과 제복을 입은 경찰이 나란히 서 있었다.

"무슨 일이세요?"

도환이가 묻자 경찰이 대답했다.

"제대로 자가 격리 중인지 불시 점검 중이야."

"아! 저는 쭉 집에 있었어요. 핸드폰에 GPS 깔려 있다고 들었는데요."

"그렇긴 한데 핸드폰을 집에 두고 나가는 사람들이 종종 있어서 말이야."

"저는 집에만 있었어요."

도환이의 대답을 듣고 경찰은 가져온 서류에 뭐라고 적어서 하 과장에게 넘겼다. 서류를 넘겨받은 하 과장이 체크하는 사이, 도환이가 경찰에게 물었다.

"저, 이상한 사람이 나타났다는 얘기를 들었는데……."

"누구한테?"

경찰이 조금 날이 선 투로 묻자 도환이는 어깨를 으쓱했다.

"인터넷에서 봤어요."

하 과장에게서 서류를 돌려받은 경찰이 모자를 살짝 고쳐 쓰며 말했다.

"그러잖아도 신고가 자꾸 들어와서 골치 아프다. 혹시 너도 봤니?"

여기 오던 날 누가 쫓아왔다는 말을 하고 싶었지만 제대로 귀 기울여 줄지 의문이었다. 잠시 고민하던 도환이는 최대한 간단하게 얘기했다.

"이상한 사람이 있는 것 같은 느낌은 받았는데 정확하게 보진 못했어요."

"정식 입주가 안 된 상태라 CCTV로 볼 수 없는 데가 너무 많아. 거기다 수상한 사람이 나타났다는 신고를 받고 출동하면 이미 종적을 감췄기 일쑤라서 말이야."

경찰의 얘기에 하 과장이 말을 보탰다.

"그냥 잘못 보고 얘기한 것일 수도 있어. 밤에 검은 모자에다 추리닝 입고 다니는 사람이 어디 한둘이야? 운동하러 나왔겠지."

도환이가 머쓱한 표정으로 고개를 끄덕거리자 하 과장이 경찰을 바라봤다.

"안 그래요?"

경찰이 고개를 끄덕이며 도환이에게 말했다.

"민원이랑 연결된 문제여서 섣불리 아니라고 할 수도 없어. 어쨌든 수상한 사람 보면 바로 알려 다오."

"그럴게요."

경찰이 얘기를 마치고 엘리베이터 버튼을 누르자 하 과장이 엘리베이터를 타기 전에 말했다.

"필요한 물품 있으면 나한테 문자 보내고, 쓰레기는 따로 처리할 거니까 내놓지 마라."

"네."

하 과장과 경찰이 엘리베이터를 타고 내려가자 도환이는 현관문을 닫았다. 경찰은 별일 아닌 것처럼 얘기했지만, 실제로 느끼고 직접 보기도 했던 도환이로서는 그냥 지나칠 수 없는 문제였다. 도환이는 도어체인까지 제대로 잠긴 걸 확인한 뒤에야 돌아설 수 있었다.

그렇게 며칠이 더 지나갔다. 일회용 체온계로 체온을 재고, 집에 있는 운동 기구로 운동을 하고, 유튜브로 세상의 모든 음악을 듣고 영상을 보면서 시간을 보냈다. 시간은 마치 태클이 걸린 것처럼 느리게만 흘러갔다. 뉴욕에 있는 엄마와 서울 강남에 사는 할머니에게 가끔 전화를 걸었지만 오래 통화하지는 못했다. 종종 카톡을 나누는 채준이는 자기가 바쁘면 읽씹 하기 일쑤였다.

그러는 틈틈이 도환이는 베란다에 나가서 바깥을 살펴봤다. 검은 모자는 그 뒤로 나타나지 않았고, 입주민 커뮤니티도 잠잠했다. 하지만 도환이는 어둠이 깔린 아파트 단지를 내려다보면서 확신했다.

"저 어둠 속에 그 남자가 있는 게 분명해."

검은 모자를 쓴 사람은 꿈에도 나타났다. 도어 록과 도어체인으로 굳게 잠긴 문을 열고 안으로 들어온 남자는 얼굴이 없었다. 그 모습을 보면 저항할 수도, 두려워하며 숨을 수도 없었다. 그냥 무기력해졌다.

불안한 마음을 최대한 이겨 보려고 애썼지만, 사람을 만나서 얘기를 나누거나 밖으로 나갈 수 없는 나날이 이어지면서 두려움은 무럭무럭 커졌다. 아빠한테라도 하소연하고 싶었지만, 가끔 통화하는 엄마 때문에 꺼려졌다. 엄마와 통화하다가 도환이는 결국 화를 내고야 말았다.

"혹시 아빠랑 연락하니?"

"아니라고 했잖아! 왜 자꾸 물어봐."

"미안, 자꾸 신경 쓰여서 그래. 아빠한테 전화 오면 받지 말고 엄마나 할머니한테 얘기해."

"알았다니까!"

"그래. 사랑한다, 아들."

"얼마나?"라고 묻고 싶었지만, 엄마가 어떤 대답을 할지 두려워서 차마 묻지 못했다. 그사이에 엄마가 전화를 끊었는지 소리가 사라졌다. 할머니에게는 간단하게 카톡으로 안부 인사를 남긴 다음 달력을 바라봤다.

"이제 거의 끝나 가는구나!"

자가 격리가 끝나려면 닷새가 남았다. 어제 하 과장과 함께 선별 진료소에 가서 다시 검진을 받았는데, 이제 자가 격리도 거의 끝이라는 말을 들으면서 기운이 났다. 며칠만 지나면 채준이랑 밖에서 만나 실컷 돌아다닐 수 있을 것이다. 채준이는 어디에 갈지 미리 정해 놓겠다고 했다. 그렇게 버텨 가는 중에 멍하게 보내는 시간이 늘어났다. 말할 상대가 없다는 것, 홀로 있다는 것은 무료함을 넘어 고통스러운 일이라는 사실을 깨달았다.

문밖에서 이상한 소리가 들린 건 자정 무렵이었다. 어제부터 날씨가 심상치 않더니 갑자기 바람이 불면서 비가 흩뿌렸다. 바람 소리는 그럭저럭 견딜 만한데, 베란다에 나가지 못하는 게 아쉬울 뿐이었다.

현관에서 들리는 기분 나쁜 소리를 알아차리는 데는 오랜 시간이 걸리지 않았다. 쓰레기를 봉투에 넣고 정리하다가 이상한 소리를 들었다. 뭔가를 긁는 듯한 소리에 도환이는 주춤거리며 일어났다.

"무슨 소리지?"

거실 쪽에서 현관을 바라보자 그 소리가 다시 들렸다. 종이를 천천히 찢는 소리 같았다. 도환이는 조용히 중얼거렸다.

"분명히 그 남자야!"

프레지오시티를 배회하는 검은 모자를 쓴 남자. 바람처럼 나타났다가 사라지고, 몇 건의 살인 사건을 저질렀을지도 모르는 바로 그 남자.

도환이는 작은 방에서 찾은 할머니의 효자손을 단단히 움켜쥐고 현관 쪽으로 향했다. 핸드폰은 뒷주머니에 넣었다. 누군지 정체를 확인하자마자 하 과장에게 전화할 생각이었다. 현관으로 다가가는 동안에도 뭐를 긁거나 찢는 듯한 이상한 소리는 계속 들려왔다. 도어체인과 도어 록이 제대로 잠긴 것을 확인한 도환이는 눈을 조심스럽게 외시경에 갖다 댔다.

외시경 속에서 경비원 복장을 한 늙은 남자가 뒤에 선 젊은 남자를 돌아봤다.

"이 집에 자가 격리자가 있대."

도환이는 자기도 모르게 숨을 참았다.

"정말요?"

살짝 떨리는 목소리로 대답한 젊은 경비원에게 늙은 경비원이 말했다.

"담당 공무원인가 뭔가 하는 사람이 신경 써서 살펴보라고 했으니 김 씨도 자주 올라와 봐야 해. 알았지?"

"올라와서 뭘 하라고요?"

"문 두드려서 안에 사람 있는지 확인해 봐야지."

"질병관리본부인가 어디서 밖으로 나가면 바로 잡아낸다고 텔레비전에서 그러던데요?"

젊은 경비원의 대꾸에 늙은 경비원이 혀를 찼다.

"하나는 알고 둘은 모르는구먼. 군포인가 어디서 집에 핸드폰을 놓고 밖에 나갔다가 들켰다잖아. 게다가 이 집에 있는 애는 혈기 왕성한 고1이라고. 그러니까 정신 똑바로 차리고 지켜봐. 알았지?"

늙은 경비원이 으름장을 놓자 김 씨라고 불린 젊은 경비원이 투덜거렸다.

"코로나인지 뭔지 때문에 이게 무슨 고생인지 모르겠어요."

"참고 지내다 보면 괜찮아지겠지. 오늘은 밤이 늦었으니 그냥 가고 내일은 확인해 봐. 그래도 내일이 격리 마지막 날이라니까 조금만 고생해."

"알았어요."

얘기를 나누던 경비원들이 엘리베이터를 타고 내려가자, 지금껏 숨 죽이고 있던 도환이는 살짝 문을 열고 나왔다. 아까 들려온 이상한 소리는 자가 격리자가 사는 집을 표시하려고 경비원이 현관문에 스티커를 붙일 때 난 소리 같았다. 도환이는 외시경 옆에 붙은 노란색 스티커를 찢어 버리고 싶은 충동을 애써 참으며 조용히 문을 닫았다. 그러고는 안방 침대에 쓰러지듯 몸을 던졌다.

도환이가 깨어난 건 핸드폰 벨 소리 때문이었다. 고개를 드니 커튼 사이로 햇살이 뿌옇게 비쳤다. 한쪽 눈을 감은 채 전화를 받자 하 과장의 목소리가 들렸다. 도환이는 정신이 번쩍 들었다.

"죄송해요. 잠이 들어서요."

"잠이 많을 때긴 하지. 얼른 체온 재서 앱에 등록해라."

"알겠습니다. 그런데 저……."

"그래, 무슨 일 있니?"

도환이는 사실 검은 모자에 하얀 마스크를 쓴 남자를 봤다고 얘기할까 망설이다가 참았다. 실체도 확실하지 않을뿐더러 잘못 얘기했다가는 자가 격리 기간에 외출했다고 오해할 가능성도 있었기 때문이다. 도환이는 한숨을 쉬고는 말했다.

"고맙다는 인사를 드리려고요. 그리고 쓰레기봉투가 다 찼어요."

"예의가 바르구나. 별 말씀 없이 지내 줘서 내가 고맙지. 쓰레기봉투는 문밖에 내놓으면 쓰레기 처리하는 업체에서 가져갈 거야."

"업체에서 따로요?"

"혹시 바이러스가 남아 있을지 몰라서 말이야. 폐기하는 업체 직원이 갈 거야."

"알겠습니다."

"내일부터는 외출해도 괜찮아. 마스크 꼭 챙기고, 외출하고 돌아오면 소독제로 손 닦는 거 잊지 말고."

"네."

하 과장과 통화를 끝내고 도환이는 조심스럽게 안방 문을 열었다. 현관문은 여전히 굳게 닫혀 있었다. 외시경으로 바깥을 살펴보니 아무것도 보이지 않았다. 도환이는 도어체인을 걸어 둔 채 살짝 문을 열었다. 문틈으로 바깥 공기가 밀려 들어왔다. 현관문 밖에 아무도 없는 걸 확인한 도환이는 쓰레기봉투를 들고 밖으로 나왔다. 문 옆에 묵직한 쓰레기봉투를 내려놓으니 마음이 홀가분했다.

"그래, 어젯밤에도 그랬고, 그동안 뭘 잘못 보고 들었던 거야."

한국에 돌아와 혼자 지내는 동안 쌓인 불안감 때문이려니 생각하고 도환이는 모든 걱정을 내려놓기로 했다. 문을 닫고 들어온 도환이는 바로 채준이에게 전화를 걸었다. 기다리고 있었는지 채준이는 전화를 금세 받았다.

"안녕, 자가 격리자."

"이제 하루 남았다, 인마."

"아, 참!"

채준이가 잠깐 뜸을 들였다가 헛기침을 하고 말했다.

"프레지오시티에서 배회하던 이상한 남자 잡혔대."

"뭐? 진짜?"

놀란 도환이의 물음에 채준이가 대답했다.

"어제 너네 아파트 커뮤니티에 올라왔다던데?"

"정말이야?"

"검은 모자에 검은 추리닝을 입고 하얀 마스크를 쓴 남자가 불심 검문에 걸렸대. 그런데……."

"뭐가 또 있어?"

"경찰을 찌르고 튀었다는 얘기도 있어."

"에이, 설마! 카더라지?"

"나도 모르지. 그냥 그런 얘기도 돌더라. 어쨌든 너야 문밖으로 나올 일 없으니까 안전하잖아."

"씨발, 우리 집 문 열고 들어오면 침 뱉을 거야."

"사악한 놈. 미국 물을 먹더니 졸라 나쁜 놈이 됐네."

확실하진 않지만 잡혔을지도 모른다는 말에 도환이는 안도의 한숨을 쉬었다. 잠깐 딴짓을 하는지 조용하던 채준이가 명랑한 목소리로 말했다.

"그나저나 이제 자유를 만끽하시겠네?"

"아까 쓰레기봉투 내놓느라고 잠깐 문 열었는데 진짜 공기 좋더라. 내일 어디서 만날까?"

"홍동 사거리로 나오면 피시방도 있고 만화 카페도 있어. 어디 갈래?"

"만화 카페가 좋겠다."

"거기 짜파구리가 끝내주지. 자가 격리 끝난 기념으로 내가 쏠게."

"몇 시에 만날까?"

"11시까지 와. 거기는 주말 오전에 라면이 반값이야."

"홍동 사거리면 우리 아파트 단지 입구에서 나가서 오른쪽이지?"

"맞아. 쭉 오면 교회 하나 있고, 극장 딸린 마트 나오고, 그다음."

"오케이. 내일 나가면서 전화할게."

"그래."

통화를 끝낸 도환이는 신이 나서 두 팔을 들고 환호성을 질렀다. 베란다로 뛰쳐나가서 허공을 향해 주먹질도 했다. 알 수 없는 공포와 맞서 싸워야 했던 자가 격리가 이제 끝나 가고 있었다. 도환이는 하늘에 대고 외쳤다.

"내일이면 자유의 몸이다!"

베란다 난간에 앉아 있던 새들이 놀라 푸드덕 날아올랐다. 기분이 좋아진 도환이는 집을 청소하면서 하루를 보냈다. 그리고 엄마와 할머니에게 사랑한다는 카톡을 보내고는 웃으며 잠이 들었다.

이튿날 아침, 도환이는 눈을 뜨자마자 바로 샤워를 한 다음 드라이기로 머리를 대충 말리고는 옷을 갈아입었다. 핸드폰과 지갑을 챙긴 도환이는 신발을 구겨 신고 현관 밖으로 나왔다.

그때, 문 옆에 쪼그리고 앉은 어떤 남자와 눈이 마주쳤다. 붉은색 모자에 체크무늬 셔츠 차림인 남자는 벌컥 문을 열고 나온 도환이를 보고는 깜짝 놀랐다.

"어, 이 집에 사는구나?"

도환이도 놀라서 문손잡이를 잡은 채로 물었다.

"아저씬 누구세요?"

"아! 쓰레기 처리 업체에서 나왔어."

히죽 웃는 남자의 한쪽 손에는 어젯밤 도환이가 내놓은 쓰레기봉투가 들려 있었다. 어제 하 과장에게 들은 얘기가 떠올라 도환이는 내심 마음이 놓였다.

"아, 네."

도환이는 얼른 문을 닫고 엘리베이터 버튼을 눌렀다. 그러는 동안 남자는 뒤에서 부스럭거리는 소리를 내며 쓰레기봉투를 살펴봤다. 이윽고 엘리베이터 문이 열리자 도환이는 냉큼 탔다. 그 순간 남자가 쓰레기봉투를 들고 일어나며 말했다.

"같이 내려가자."

도환이는 남자가 탈 때까지 열림 버튼을 눌렀다. 남자가 고맙다고 말하며 닫힘 버튼을 눌렀다.

무심코 엘리베이터 바깥쪽을 바라보던 도환이는 현관문에 잔뜩 나 있는 붉은 표시를 보고 그대로 얼어붙었다. 그때, 문이 닫히면서 엘리베이터가 내려갔다.

알 수 없는 불안감에 가슴이 쿵쾅거려서 도환이는 진정하기 위해 고개를 숙이고 바닥을 내려다봤다. 엘리베이터에 같이 탄 남자는 콧노래를 흥얼거리면서 앞을 바라보고 있었다. 뭔가 이상하다는 생각이 들어 도환이는 남자를 슬쩍 살펴봤다. 남자는 평상복 차림이었다.

'하 과장님 얘기로는 바이러스가 남아 있을지 몰라서 따

로 업체를 보낸다고 했는데……. 방호복까지는 아니더라도 고글이나 마스크 정도는 하고 있어야 하지 않나?'

두려움이 점점 커진 도환이의 눈에 남자의 다른 쪽 손이 들어왔다. 남자는 구겨진 검은 모자와 하얀 마스크를 쥐고 있었다. 도환이는 최대한 태연한 척하려 했지만 숨소리가 거칠어졌다. 그걸 알아차렸는지 남자가 히죽 웃으면서 물었다.

"친구 만나러 가니?"

긴장한 도환이는 대답 대신에 마른침을 삼키며 고개를 끄덕였다.

그 순간, 1층에 도착한 엘리베이터의 문이 열렸다.

작가의 말

『격리된 아이』는 한국으로 혼자 돌아온 아이가 자가 격리 하는 과정을 그린 작품입니다. 인간은 사회의 구성원이며 사회적인 존재입니다. 교류를 통해 필요한 것을 얻고, 타인과의 관계 속에서 나에게 부족한 것을 채워 나가기 때문이죠. 그런데 코로나바이러스가 세운 자가 격리라는 장벽은 관계성을 모두 사라지게 했습니다. 물론 인터넷을 비롯해 집에서 혼자 시간을 보낼 만한 도구나 매체가 많지만, 실제로 누군가를 만나서 얘기 나누는 것에 견줄 수는 없을 겁니다.

특히 혼자 지낼 때 우리는 끝없는 공포와 만날 수 있습니다. 다른 사람과 함께 있을 때는 신경도 쓰지 않을 바람 소리가 끝 모를 두려움으로 다가올 수 있기 때문이죠. 도환이도 마찬가지입니다. 도환이가 느낀 공포는 낯선 곳에 혼자 있다는 것에서 시작되었는데, 이를 통해 인간이 홀로 있으면 얼마나 무력한 존재인지 알 수 있습니다.

코로나바이러스는 격리된다는 것이 얼마나 큰 두려움인지를 인간에게 알려 줍니다. 어쩌면 그것이 코로나바이러스의 진정한 후유증이자 아픔일지도 모르겠습니다. 하루빨리 코로나바이러스를 이겨 내고 모두 함께할 수 있는 세상으로 돌아갔으면 하는 마음이 간절합니다.

거짓말

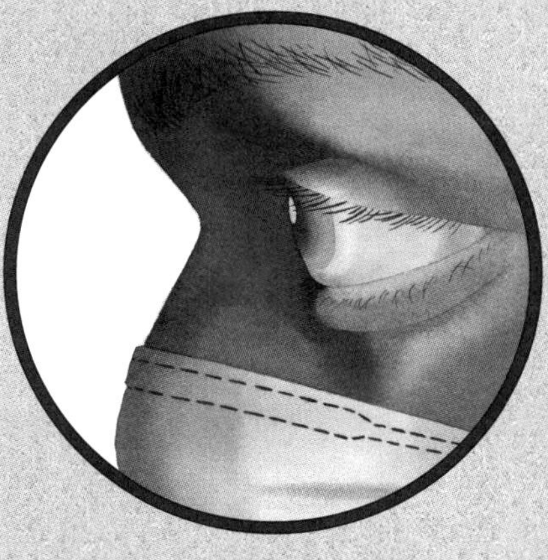

김소연

역사와 SF의 조우를 꿈꾸며 이리저리 기웃거리는 글쟁이다. 지은 책으로는 『야만의 거리』 『굿바이 조선』 『광장에 서다』(공저) 등이 있다.

"자, 천천히 기억을 되살려 봅시다."

오 팀장이라 불리는 역학 조사관이 성민을 똑바로 보며 말했다. 방호복을 입고 안에 마스크까지 쓴 채였다. 마주 앉은 성민의 눈에 보이는 건 오로지 하얀 방호복과 가면처럼 얼굴을 가린 플라스틱 덮개뿐이었다.

성민이 물었다.

"혹시 저 아세요?"

"네?"

"아니, 목소리가 왠지 귀에 익어서요."

성민이 미간을 찌푸리며 말했다. 그러자 역학 조사관이 대답했다.

"그럴 리가. 오늘 처음 보는 학생인데."

방호복과 마스크, 이중의 보호막 뒤편에서 들리는 목소리는 익숙한 듯하면서도 한없이 낯설었다.

"그, 그렇죠."

성민은 바짝 긴장해서 판단이 흐려진 탓이라 생각했다.

"조사하면서 그런 얘기 자주 들어요. 방호복 속에서 울리는 목소리는 다 비슷비슷해요."

오 팀장이 친절하게 설명해 주었다.

성민은 고개를 끄덕이며 살짝 미소를 지었다. 조사실에 들어온 뒤 처음 짓는 웃음이었다.

성민이 미소를 짓긴 했지만 두 사람이 마주 앉은 '확진자 동선 파악 조사실'은 용의자와 형사가 마주하는 취조실처럼 건조하고 썰렁했다.

"자, 지난 금요일부터 꼼꼼히 살펴봅시다."

오 팀장이 책상에 바짝 다가앉으며 말하자 성민이 뜨악한 얼굴로 대꾸했다.

"어차피 제 휴대폰이랑 체크 카드 사용 내역을 뒤지면 다 나올 텐데, 뭣 하러 똑같은 얘기를 해요?"

"임성민 군의 동선 데이터를 취합하려면 몇 시간은 기다려야 하니까 우선 진술부터 받는 거예요. 동선 파악을 빨리 할수록 2차, 3차 감염을 방지할 수 있다는 건 잘 알고 있죠?"

"……네."

성민이 천천히 고개를 끄덕였다.

오 팀장은 책상 위로 두 손을 깍지 끼며 덧붙였다.

"이번 변종은 전파력이 강한 바이러스예요. 전례 없는 슈퍼 종이죠. 성민 군은 무증상 확진자라 이렇게 면담 조사를 할 수 있지만, 증세가 심각한 환자가 더 많아요."

그 말에 성민은 갈라진 혀를 내밀어 푸석한 입술을 핥았다.

"무증상이라도 나중에 아플 수 있는 건가요?"

오 팀장이 잠시 머뭇거리다 대답했다.

"아, 그……건 그렇죠. 아플 수 있죠."

지금껏 전문가의 포스를 팍팍 풍기며 적극적으로 설득하던 태도와는 조금 다른 말투였다. 잘 모르고 성급히 대답하는 티가 났다. 그러나 성민은 자신이 무증상자에서 중증 환자가 되면 어쩌나 하는 걱정에 휩싸여 다른 문제에 신경 쓸 겨를이 없었다.

오 팀장이 서둘러 다음 말을 이어 갔다.

"그러니까 증상 나타나기 전에 얼른 조사를 마치자고요."

"……네."

성민이 마지못해 대답했다.

오 팀장은 성민의 납덩이 같은 얼굴을 차가운 시선으로 훑어 내렸다.

"자, 13일 금요일부터 시작해 봅시다. 집이 마포구 망원동이라고 했죠?"

성민이 고개를 끄덕였다.

"고등학교 2학년, 부모님과 함께 자택 거주. 형제는 없고. 맞죠?"

"네."

대답하는 성민의 목소리가 무겁게 가라앉았다. 그러자 오 팀장의 목소리가 부드럽게 누어졌다.

"감염되었다고 범죄를 저지른 건 아니잖아요. 그러니까 너무 주눅 들 필요 없어요. 그냥 오늘 아침 확진을 받기 전 사흘간, 그러니까 지난 금요일부터 일요일까지 어디에 갔었는지 얘기만 해 주면 돼요."

그제야 성민의 얼굴에 살짝 핏기가 돌았다.

"금요일에는 학원 간 게 전부인데요."

"학원이면 어디죠? 구체적으로 얘기해 주세요."

오 팀장은 성민의 말문이 트이자 반갑다는 듯 상냥하게 물었다.

"신촌 로터리에 있는 ○○ 수학 학원이에요. 서대문구

에서 입시 경쟁력이 제일 좋다고 소문난 학원이요."

"학원은 수학 학원만 다니나요?"

"원래는 영어랑 국어도 다녔는데 겨울 방학 하면서 잠깐 끊었어요. 수학 등급이 가장 낮아서 이번 방학에는 수학에만 올인 하기로 부모님과 상의했거든요."

"아, 불행 중 다행이네요. 학원은 밀폐된 공간에 다수가 밀집된 형태로 운영되기 때문에 전파 고위험 영업장으로 분류되니까요."

성민이 입술을 잘근잘근 깨물며 물었다.

"금요일까지만 나가고 주말에는 안 갔어요. 저기, 괜히 저 때문에 병 옮는 아이들은 없겠죠?"

"그건 뭐라 장담할 수 없어요. 그런데 성민 군, 만약 학원에서 확진자가 나온다고 해도 성민 군이 1차 전파자라고 무조건 단정할 수는 없어요. 오히려 성민 군이 학원에서 무증상 감염자에게 옮았을 수도 있고요."

"아, 네……."

성민은 말꼬리를 끌며 고개를 끄덕였다. 자신을 무겁게 짓누르던 죄책감이 조금이나마 덜어지는 모양이었다. 그래서일까? 이어지는 진술은 오 팀장이 끼어들 새도 없이 줄줄 흘러나왔다.

"그날은 수학 보충이 있는 날이라 수업이 이른 저녁에

끝났어요. 엄마가 차를 가지고 마중을 나왔고요. 평소에는 학원 끝나면 버스 타고 집에 가는데, 그날은 엄마랑 약속이 있었어요."

"무슨 약속?"

"신촌 로터리에 있는 현대백화점에 가기로요. 외식을 하고 운동화를 새로 사기로 했어요. 백화점에서 어느 음식점에 갔느냐고요? 음, 그러니까…… 아! 맞다. 8층 돈가스 전문점에서 안심 돈가스 정식을 먹었어요. 엄마는 새우튀김 덮밥을 드셨고요. 밥을 먹고 나서 5층에 있는 스포츠 매장에 들렀어요. 눈여겨봐 둔 운동화가 있었거든요. 엄마는 비싸다고 잠깐 망설였지만 결국 사 주셨어요. 하나밖에 없는 아들인데 돈 아껴서 어디다 쓰겠느냐면서요."

흐뭇한 웃음을 짓는 성민을 지켜보던 오 팀장이 눈썹을 찡그렸다.

"지금 신고 있는 운동화는 새것 같지 않은데?"

순간 성민이 움찔하다 하하, 하며 턱을 만졌다.

"아껴 신느라 집에 놔뒀어요. 새 운동화를 이런 데 신고 오기는 아깝잖아요."

오 팀장이 "아, 그렇군요."라며 고개를 끄덕이더니 다음 말을 기다렸다.

"9시 넘어서 집에 도착했어요. 금요일은 그게 다예요. 집에 갈 때도 엄마 차로 갔고 중간에 들른 데는 없어요."

오 팀장은 성민이 부르는 대로 동선을 꼼꼼하게 받아 적었다. 출발과 도착 시간, 한 장소에 머물렀던 시간까지 빠뜨리지 않고 기록했다. 성민은 철저하고 치밀한 탐문에 숨이 막히는 듯했다. 그래도 무릎이 꺾일 순 없지, 성민은 오 팀장의 볼펜 쥔 손을 무심히 바라보았다.

"그럼 14일 토요일에는요?"

"아침에 일어나서 집 근처 공원에 산책하러 나갔어요. 우리 집에 '뽀야'라는 몰티즈가 한 마리 있는데, 제가 아침 산책을 시켜 주면 되게 좋아하거든요. 공원에 나가서 한 시간 반 정도 햇볕도 쏘이고 응가도 시켰어요. 그리고 단골 빵집에 들렀어요. 그 빵집은 대기업 프랜차이즈가 아니고 제빵사가 직접 운영하는 동네 빵집이에요. 오전에 새로 구운 따끈따끈한 우유식빵을 쪽쪽 찢어 먹으면 진짜 맛있어요! 아, 근데 저 때문에 당분간 임시 휴업이겠네요. 어쨌든 엄마가 해 주는 달걀 토스트랑 오렌지 주스를 아침으로 먹고 집을 나섰어요. 네? 혼자 나갔느냐고요? 아니요. 엄마, 아빠, 저, 셋이서 같이 아빠 차를 타고 나갔어요. 창덕궁에 가야 했거든요. 수험생이 웬 고궁이냐고요? 우리 학교에서 주최하는 역사 동영상 경진 대회에 나갈 계획이라서요. 창덕궁은 조선 임금들이 가장 애용한 궁궐이에요. 그만큼 왕조에 얽힌 흥미진진한 이야기가 많아요. 전 서울에 있는 궁궐 중에서 창덕궁이 제일 좋더라고요. 경복궁이 공식적인 행정 건물들의 집합소 같은 느낌이라면, 창덕궁은 사람 냄새가 나는 주거 공간 같거든요. 저는 창덕궁을 주제로 '조선 시대 궁궐 건축의 특징'이라는 제목의 동영상을 만들고 있어요. 생활 기록부에 수상 경력 하나라도 더 올리면 그게 다 대입에 도움이 되잖아요. 그래서 아빠가 촬영이랑 편집에 도움을 주기로 했어요. 그날은 창덕궁 개장할 때 들어가서 점심시간까지 꼬박 돌아다녔어요. 근데 오 팀장님, 실외는 전염 확률이 낮지 않나요?"

정신없이 받아 적던 오 팀장이 고개를 들었다.

"사람들이 착각하는 게 바로 그 부분이에요. 바깥이라도 무리 지어 다니면서 서로 대화를 한다거나 손을 잡는다거나 침을 튀긴다거나 하면 전염됩니다. 그래서요? 창덕궁을 끝으로 귀가했나요?"

"아니요. 점심시간에 나와서 그 근처 한정식집에서 밥을 먹었어요. 그 음식점은 특히 엄마가 좋아하는 곳인데요, 요리가 깨끗하고 분위기가 고급스러워서 항상 마음이 놓이는 곳이라고 칭찬해요. 우리 엄마는 성격이 깔끔……."

그때 오 팀장이 말허리를 잘랐다.

"잠깐, 그 음식점 이름이 뭐지요?"

성민은 음식점 이름을 기억해 대답해 주고 다시 수다로 돌아갔다.

"집에서 먹는 밥에다 고기반찬 몇 가지가 더 나오는 정도라 저는 딱히 열광하지 않았는데 엄마가 좋다니까 덩달아 좋아하게 되더라고요. 저는 후식으로 나오는 식혜랑 약과가 제일 맛있었어요."

성민은 혼자 신이 나서 떠들었다. 마치 꼭꼭 숨겨 두었던 행복한 추억을 꺼내 되새기는 모양새였다.

오 팀장이 손을 내저으며 끼어들었다.

"네, 네, 알았어요. 먹는 얘기 그만하고, 다음 동선은?"

"점심 먹고 아빠 차로 을지로 롯데백화점에 갔어요."

"또 백화점? 가족들이랑 백화점에 자주 가나 봐요?"

오 팀장이 흥미롭다는 듯 성민의 눈을 바라보았다.

"자주 가진 않아요. 어쩌다 지난 주말에만 그런 거죠."

성민은 어깨를 들썩거리며 설명을 이어 나갔다.

"모처럼 시내 나들이니까 아빠 찬스 제대로 쓰기로 마음먹었어요."

오 팀장이 피식 웃으며 놀리듯 물었다.

"금요일 저녁에는 엄마 찬스로 운동화 사고, 토요일에

는 아빠 찬스로 뭘 얻었나요?"

"별거 아니에요. 롯데백화점에서만 파는 과일 파르페를 먹었어요. 아이스크림 위에 과일이랑 초코시럽이랑 과자랑 예쁘게 장식해서 올린 디저트요."

"겨우 아이스크림?"

오 팀장이 고개를 갸웃하며 묻자 순간 성민의 얼굴에 당황하는 기색이 역력했다.

"바로 전날 운동화 사 주셨는데 뭘 또 사 달라고 하겠어요. 양심이 있지. 그리고 그 과일 파르페는 거기서만 파는 거라 아무 데서나 먹을 수 있는 게 아니란 말이에요."

성민은 변명을 늘어놓듯 빠른 말투로 주워섬겼다.

"아이스크림이 다 거기서 거기지. 하여튼 성민 군 부모님은 아들을 위해 뭐든 다 해 주시는군요."

"자식은 저 하나니까요."

성민이 당연하다는 듯 입꼬리를 올렸다. 오 팀장은 뜻 모를 코웃음을 치고는 다시 기록지를 내려다봤다. 계속 얘기하라는 신호 같았다.

"백화점 10층 식당가에서 과일 파르페를 먹은 다음 4층 스포츠 매장에 들렀어요."

"거긴 왜요? 파르페로 만족했다면서요?"

"제가 산 운동화가 거기에도 진열되어 있는지 확인하려

고요."

성민의 대답에 오 팀장이 풋, 하고 웃었다.

"있었어요?"

"당연하죠. 제가 완전 최신 모델로 엄선한 건데. 롯데 본점에도 진열된 걸 보니 왠지 뿌듯하더라고요."

"그리고 집으로 갔나요?"

"아니요. 엄마 아빠랑 예술의전당으로 갔어요. 물론 아빠 차를 타고서요."

"예술의전당이라면, 서초동에 있는?"

"네. 거기서 뮤지컬을 봤어요. 아빠가 연예 기획사 사장님한테서 티켓을 선물 받았거든요."

"쯧, 뮤지컬이라면 접촉자가 상당하겠는데."

오 팀장이 혀를 차며 책상에 놓인 기록지를 뒤졌다.

"아버님 직업이…… 어디 보자."

성민이 재빨리 말했다.

"방송국 피디세요. 지상파 방송국."

오 팀장은 방송국이라면 일이 진짜 커지겠다며 한숨을 쉬고는 다음 질문을 이어 갔다.

"뮤지컬 관람 후에 다른 데 들른 곳은 없나요?"

"없어요. 시간이 워낙 늦고 가족들 모두 피곤해서요. 아, 저는 밤에 집에서 영화를 하나 봤어요. 뮤지컬 원작 소설을 각색한 할리우드 고전 영화요. 방금 본 뮤지컬을 고전 영화로 보니까 작품 해석에 도움도 되고 재밌더라고요."

성민은 영화 장면들이 떠오르는지 조사실 천장을 보며 흐뭇한 표정을 지었다.

오 팀장이 볼펜을 딸깍거리며 기록지 앞 장을 뒤졌다.

"그리고 일요일 아침에 오한과 발열 증세가 있어서 어머니와 함께 동네 내과에 갔다, 이거죠?"

"네. 내과에서 감기약을 처방할 줄 알았는데, 보건소로 가 보라 그래서 깜짝 놀랐어요."

"그런데 의료 기록을 보면 보건소에는 가지 않았네요?"

"엄마가 하루만 감기약을 먹어 보고 차도가 없으면 종합 병원에 가자고 해서 그냥 집에 있었어요."

"그러다 16일 월요일, 그러니까 오늘 아침에 신촌에 있는 대학 병원에 가서 검진을 받은 거군요."

"네, 그게 다예요."

오 팀장이 머리를 끄덕이며 기록지를 다시 한 번 훑어봤다. 지금까지 진술받은 것 중 누락되거나 잘못된 것이 있는지 살피는 몸짓이었다.

오 팀장이 중얼거렸다.

"학원에다 백화점, 공연장이라……. 밀집 지역을 골라

서 찾아다녔네."

그녀의 목소리에서 절망감이 배어 났다. 이 모든 곳을 폐쇄 조치 하고 방역과 접촉자 확인까지 하려면 눈앞이 캄캄할 만도 했다. 성민은 입술을 꼭 다문 채 아무 말도 하지 않았다.

짧지만 지루한 시간이 흘렀다.

성민은 오 팀장을 바라보며 마른침을 삼켰다. 신통치 않은 성적표를 심사받는 수험생의 표정이었다. 오 팀장은 성민의 마음 따위는 안중에도 없다는 듯 기록지만 들여다볼 뿐이었다.

"저 이제 가도 되죠?"

성민이 더는 참지 못하고 일어서는 순간, 조사실 문이 벌컥 하고 열렸다. 그 바람에 성민은 일어서려다가 도로 의자에 앉았다. 열린 문으로 방호복을 입은 또 다른 조사관이 서류 한 장을 가지고 들어왔다. 이번엔 남자였다.

"오 팀장님, 임성민 군 동선 데이터가 나왔습니다."

남자 손에서 오 팀장 손으로 넘어가는 서류를 바라보는 성민의 얼굴에 긴장하는 빛이 흘렀다.

기록지에 머리를 박고 있던 오 팀장이 서류를 받아 들었다. 서류를 보는 오 팀장의 눈매가 뱀처럼 차갑고 날카

로웠다. 방호복에 마스크까지 썼지만 가려지지 않는 오 팀장의 눈매에는 방 전체를 장악하는 힘이 있었다.

"음……."

서류를 건네준 조사관은 나갈 생각이 없는지 오 팀장 옆자리에 앉았다. 성민의 처지에서는 상대해야 할 사람이 두 배로 늘어난 셈이었다.

"사실대로 말했어요. 데이터인지 뭔지 그거 확인 안 해도……."

성민이 해명을 늘어놓으며 손짓까지 더하는데, 오 팀장이 오른손을 번쩍 들었다. 그 서슬에 성민은 입을 꾹 다물었다.

"조 차장, 이거 확실한 거야?"

오 팀장의 물음에 조 차장이라 불린 조사관이 대답했다.

"네. 휴대폰 위치 추적, 체크 카드 사용 내역 그리고 CCTV 기록까지 싹 다 뒤져서 확인한 겁니다."

순간 조사실 안에 꿀꺽, 하고 마른침 삼키는 소리가 울려 퍼졌다. 성민에게서 나는 소리였다.

오 팀장은 서류를 아래위로 천천히 훑더니 조용히 손깍지를 꼈다. 그사이 조 차장은 오 팀장이 빽빽이 적어 놓은 기록지를 자기 앞으로 당겨 읽기 시작했다. 그러나 몇 줄 읽지도 않고 얼굴을 번쩍 들어 성민을 똑바로 겨누어 보았다. 마스크에 가렸어도 온 얼굴을 덮은 황당한 표정은 금방 알아챌 수 있었다.

“이거 뭐야? 완전 소설을 썼잖아!”

조 차장은 서류와 성민을 번갈아 바라보며 혀를 찼다. 조 차장이 그러거나 말거나 오 팀장은 나직하고 부드럽게 물었다.

“임성민 군, 13일 금요일에 어디 갔다고 했죠?”

사색이 된 성민이 입을 벙긋거렸다. 오 팀장이 재우쳐 물었다.

“집이 망원동이라고 하지 않았어요?”

“그, 그건…….”

성민이 말을 더듬었다.

오 팀장이 길게 한숨을 내쉬었다.

“후! 수학 학원 다니고 있는 거 맞아요?”

오 팀장이 계속 다그쳐도 성민은 입술만 깨물었다. 그 모습을 건너다보던 조 차장이 손바닥으로 책상을 살짝 내리쳤다.

“이봐, 학생. 우리 한가한 사람들 아니거든? 붙들고 앉아서 거짓말이나 늘어놓아도 될 만큼 만만한 사람들도 아니고. 자, 다시 묻겠어. 딱 한 번만 더 물어보는 거야. 만약 또 거짓말하면 공무 집행 방해죄로 경찰에 신고하고 방역법 위반으로 고발할 거니까 알아서 처신해요."

반말과 존댓말이 묘하게 뒤섞인 조 차장의 말투는 충분히 위협적이었다. 그러나 성민은 남자의 말소리에 고개를 갸웃했다. 분명 어디서 들어 본 목소리였다. 하지만 어디서 들었는지 도무지 감이 잡히질 않았다.

'방호복 속에서 울리는 목소리는 다 비슷비슷해요.'

오 팀장이 조사를 시작하기 전에 했던 말이 떠올랐다.

성민이 혼자 생각에 빠져 멍하니 있는데, 조 차장이 목소리를 살짝 높였다.

"자, 다시! 13일 금요일! 오전 8시 7분, 마포구 상암동 ○○ 빌라 앞 편의점에서 김밥 한 개 산 적 있죠?"

성민은 고개를 숙인 채 아무 말이 없었다. 조 차장은 대답 따위는 기대하지 않는다는 듯 계속 말을 이었다.

"실제 거주지 주소가 ○○ 빌라 102호 맞죠? 부동산 앱으로 검색해 보니 여긴 반지하 원룸이던데. 아니, 사는 곳부터 거짓말을 하면 어쩌자는 겁니까?"

조 차장이 거칠게 닦아세우자 성민은 돌덩이처럼 굳어 버렸다.

"여태 조잘조잘 잘도 꾸며 대더니 갑자기 꿀 먹은 벙어리가 됐네. 소설 쓴 게 들통나니까 겁나나?"

"조 차장, 그만해요. 애가 주눅 들잖아."

오 팀장이 조 차장을 말리며 말했다.

“성민 군, 이번엔 진짜 거짓말하면 안 돼요. 이 조사관은 우리 팀에서 알아주는 전문가야. 마음먹고 뒤지면 학생이 태어나서 지금까지 살아온 거 싹 다 알아낼 수 있어. 알았죠?”

오 팀장의 말은 조 차장처럼 험악하진 않았지만 듣기에 따라서는 더 무서운 협박처럼 들렸다. 성민은 뭐라 대거리할 엄두가 나지 않았다. 그저 오 팀장 손에 들린 A4 용지 한 장만 힐끔거릴 뿐이었다.

오 팀장이 볼펜으로 책상을 톡톡 두드리며 물었다.

“오전 11시에 상암동 미디어센터 앞 커피 전문점에서 누굴 만났네. 이건 매장 내 CCTV에 찍힌 내용이야. 만난 사람이 누구야?”

오 팀장이 점점 말을 놓는데도 성민은 뭐라 지적할 수 없었다. 거짓말이 들통난 사람은 존중받지 못하는 법이라는 걸 생생히 체험하는 기분이었다.

성민은 문제아처럼 인상을 찡그리며 되물었다.

“제가 사적으로 만난 사람 신분까지 밝혀야 하나요?”

“당연하지. 밀접 접촉자는 한시라도 빨리 격리 조치 하고 역학 조사를 해야 해.”

오 팀장은 만난 사람의 이름과 신상을 대라며 성민을

채근했다.

“같은 학교 친구예요. 학원도 같은 데 다니고요. 종종 만나서 피시방도 가고 노래방도 같이 어울려 다녀요. 하지만 금요일 이후에는 만난 적 없어요.”

“그래? 그럼 그 학생 신상 정보를 우리한테 알려 주도록 해. 잠깐, 여긴 또 어디야? 신촌에 있는 학원이 아니라 홍대에 갔어?”

오 팀장은 성민이 상암동 미디어센터 버스 정류장에서 7016번 버스를 타고 홍대입구역 정류장에 내렸다는 사실을 시간까지 더해 정확히 읊었다.

“홍대 정문 앞 편의점에서 도시락을 구매한 게 오후 1시 47분이네. 점심을 편의점 간이 식탁에서 먹은 게 CCTV에 찍혔고, 다시 상암동 방향 7016번 버스를 탄 게 저녁 7시 39분. 총 여섯 시간 가까이 머물렀는데, 대체 홍대 어딜 간 거야?”

오 팀장의 질문이 끝나기를 기다렸다는 듯, 조 차장이 기록지를 뒤적이며 한숨을 내쉬었다.

“휴, 수학 학원, 현대백화점? 전.문.식.당.가. 돈가스 정식? 자가용으로 망원동 자택 귀가? 와! 그냥 시나리오를 짰네, 짰어.”

성민의 귓가가 새빨갛게 달아올랐다. 하지만 당황해서

허둥거리던 몸짓은 사라지고 없었다. 오히려 바위처럼 단단하게 버티고 앉아 있었다.

조 차장이 덧붙여 물었다.

"체크 카드 내역이랑 CCTV 녹화를 보니…… 13일 금요일 밤 9시부터 12시까지 상암동 피시방에 있었네? 저녁밥은 거기서 혼자 해결한 건가?"

조 차장의 말투는 묘하게 기분 나빴다. 혼잣말하듯 반말로 뇌까리는 내용이 전부 성민에게 하는 질문이었기 때문이다.

성민이 발끈했다.

"혼자 안 있었어요!"

오 팀장이 서류를 들여다보며 물었다.

"피시방 CCTV에 찍힌 걸 보니까 누구랑 나란히 앉아 있던데, 해상도가 낮아서 확인하기 힘드네. 성민 군! 이 사람 누구야? 누가 또 학생이랑 밀접 접촉 했어?"

성민이 또다시 입을 꾹 다물자 조 차장이 다그쳤다.

"어서 말해요! 그 사람 위험하다고!"

큰소리에 움찔 놀란 성민이 표독스러운 표정으로 조 차장을 노려보았다.

"그 사람한테 제가 전파자라고 알릴 거예요?"

"왜? 거짓말은 밥 먹듯 하면서 원망 듣는 건 겁나나?"

조 차장의 말에 성민은 양손을 바쁘게 움직였다. 깍지를 끼었다 풀었다, 주먹을 쥐었다 폈다, 한시도 가만히 있지 못했다. 보고만 있어도 불안했다. 성민을 물끄러미 바라보던 조 차장이 옆에 앉은 오 팀장과 턱짓을 나누었다. 오 팀장은 무슨 신호나 받은 것처럼 성민을 살살 달랬다.

"나중에 감당하지 못할 상황이 닥치면 어떡할래요? 그때 가서 성민 군이 전파자라는 사실이 알려지면 두 사람 사이는 영영 돌이킬 수 없을 거야."

그래도 성민은 묵묵부답, 꼼짝하지 않았다.

"이거 이래서야 어디 전염병 막겠어? 확진자들이 하나같이 이렇게 비협조적으로 조사를 방해나 하고 말이야. 이런 학생은 우리 역학 조사팀에서 맡을 게 아니라 경찰서로 넘겨야 한다니까요. 안 그렇습니까?"

조 차장이 짜증을 냈다. 다혈질에 조급한 성격이 그대로 드러났다. 그런 조 차장과 달리 오 팀장은 차분함을 잃지 않고 조곤조곤 말을 풀었다.

"따져 보면 성민 군도 다른 확진자에게 감염된 거잖아. 국내 최초 발병자가 아니란 말이야. 그렇다면 성민 군도 그 친구와 마찬가지로 피해자일 뿐이야. 성민 군이 감염된 걸 알면서도 그 사실을 숨기고 친구를 만난 게 아니잖아. 그러니까 원망 같은 건 걱정하지 마요. 전염병이 확산

되는 게 어디 한두 사람 탓인가, 뭐."

오 팀장의 위로 섞인 설득에 마음이 움직인 걸까? 성민은 맞은편에 앉은 두 조사관을 번갈아 보더니 작은 목소리로 말했다.

"아까 그 친구예요. 카페에서 만났던."

"아까는 오전에 한 번 만났을 뿐이라고 하더니, 또 거짓말을 했어!"

조 차장이 기가 막힌다는 듯 콧김을 뿜었다.

"그럼 만나서 세 시간 내내 게임만 한 거야? 와, 학원 갈 시간에 친구랑 피시방에서 게임만 하고. 부모님께 안 들켰어?"

조 차장은 친구 연락처를 빨리 대라고 다그쳤다. 성민은 휴대폰에 저장되어 있어서 모른다고 했다.

"요즘 누가 전화번호 외우고 다녀요? 그리고 제 휴대폰은 아까 가져가셨잖아요."

조 차장은 한숨을 크게 내쉬며 친구 이름과 사는 곳, 몇 반인지를 대라고 했다. 성민이 떠듬떠듬 대답했다. 조 차장이 받아 적는 사이에 오 팀장이 다른 걸 묻기 시작했다.

"얘기가 중간에 건너뛰었는데, 홍대 앞에서 오후 1시부터 7시까지 어디 어디 갔어? 그거 대답 안 했잖아."

성민이 잠시 기억을 되살리느라 허공을 쳐다보며 음, 하더니 대답했다.

“그냥 혼자 돌아다녔어요. 딱히 들어간 가게는 없었고요. 홍대 앞은 골목골목 구경거리가 많아서 그냥 막 돌아다니기 좋거든요.”

오 팀장이 머리를 기울였다.

“그렇다고 여섯 시간 가까이 혼자서 쏘다녔단 말이야? 중간에 밥도 안 먹고?”

의심이 가득 담긴 질문이었다.

“저 원래 잘 그래요. 혼자서 잘 돌아다녀요. 밥도 혼자 먹고 잠도 혼자 자고 영화도 혼자 잘 봐요.”

성민이 딱 잘라 말하자 두 조사관은 할 말을 잊은 듯 가만히 있었다.

“좋아. 그럼 다음 날인 토요일 동선을 다시 확인하자. 이번엔 거짓말 절대 안 된다. 버티기나 말 안 하고 건너뛰기도 안 돼!”

조 차장이 단단히 이르며 서류를 들여다보았다.

“보자……. 토요일 오전 7시 56분에 원룸 앞 편의점에서 삼각김밥을 원 플러스 원으로 사고, 바로 버스 타고 또 홍대로 갔네. 잠깐만, 홍대에 간 게 아니라 홍대에서 지하철로 갈아타고 4호선 정부과천청사역에서 내렸잖아.”

오 팀장이 기가 막힌다는 듯 눈을 깜빡였다.

"성민 군, 아까는 오전에 망원동 집 근처 공원에서 반려견 산책시키고 단골 빵집에 들렀다고 하지 않았어? 어머니가 아침으로 달걀 토스트 해 주셨다더니, 삼각김밥 두 개 사 먹은 게 다야?"

조 차장이 거들었다.

"김밥이든 삼각김밥이든 물이나 음료는 같이 안 먹니? 목 안 메어?"

성민은 이리저리 빈정대는 어른 두 명을 묵묵히 견디고 있었다.

"창덕궁 가서 동영상 촬영했다더니, 갑자기 웬 과천?"

조 차장의 말에 오 팀장이 답답하다는 듯 물었다.

"그럼 부모님이랑 예술의전당에서 뮤지컬 봤다는 것도 거짓말이야?"

조 차장이 뒤이어 채근했다.

"과천에서 뭐 했어? 어디 다녔고? 동선 데이터를 보니 과천에 머무른 시간이 오전 10시쯤부터 오후 1시까지로 나오는데."

성민이 머리를 벅벅 긁었다. 짜증이 잔뜩 밴 몸짓이었다.

"아, 씨! 진짜 대박이네! 남의 사생활을 그렇게까지 세세히 들추어 봐도 되는 거예요?"

성민은 궁지에 몰린 쥐처럼 두 사람에게 덤벼들었다.

"아니, 내가 아무리 전염병 환자라지만 이거 완전 좀비 취급을 하네. 우리나라에 사생활 보호법은 없어요? 뭐 이렇게까지 뒤지고 감시를 해? 아니, 여기가 범인 취조실이라도 되나요? 사람을 붙잡아 놓고 지금 뭐 하는 거예요?"

오 팀장이 차갑게 받아쳤다.

"지금은 준전시 상황이야. 개인의 사생활 보호보다 국민 전체의 안전이 우선인 시기라고. 너 하나 때문에 전염병이 걷잡을 수 없이 퍼진다면 책임질 수 있니? 아니, 책임질 수 있다고 말한대도 소용없어. 그런 상황에서는 대통령이 아니라 대통령 할아버지가 나서도 책임질 수 없으니까. 자, 트집 그만 잡고 얼른 말해. 과천 어디 가서 누구 만났어?"

오 팀장도 슬슬 인내심에 한계가 오는 모양이었다. 말끝이 뾰족하게 섰다.

성민은 뭔가 궁리하는 사람처럼 눈동자를 이리저리 굴렸다.

"과천 서울대공원에 갔어요. 아까 말했잖아요. 혼자 돌아다니는 거 좋아한다고. 현대미술관 조각공원에서 산책했어요. 놀이동산은 입장료가 비싸서 못 들어갔고요. CCTV에는 찍힌 게 없을 거예요."

성민의 대답을 듣던 조 차장이 말했다.

"팀장님, 데이터에도 이 시간대는 비어 있습니다. 체크카드를 쓴 내역도 없고, 대중교통을 이용한 흔적도 없고, 촬영된 영상도 없어요."

오 팀장은 조용히 기록지와 A4 용지만 번갈아 보았다.

"토요일 저녁 6시에 예술의전당 지하 이탈리아 레스토랑에서 부모님과 함께 저녁 식사를 했다더니, 데이터를 보면 같은 시간에 홍대 주차장 골목에 있는 분식점에서 김밥을 먹었네. 성민 군, 이건 개인적으로 궁금해서 묻는 건데, 왜 매번 편의점 인스턴트 음식 아니면 분식집 김밥으로 끼니를 때우지? 금요일 저녁에도 신촌 현대백화점에서 돈가스 정식을 먹은 게 아니라 홍대 로데오 거리에 있는 편의점에서 도시락을 구매한 내역이 뜨는데."

성민의 동선을 줄줄이 읽어 내리는 오 팀장의 목소리가 젖어 들었다. 거짓말을 일삼는 열여덟 고등학생을 야단치려는 품새가 아니었다. 혼자서 싸구려 음식으로 대충 끼니를 때우고 다니는 아이에게 위로를 건네는 따스함이 담겨 있었다. 성민은 오 팀장의 연민 어린 눈길에 마음이 흔들렸는지 이맛살을 찌푸렸다. 꾹 다문 입술이 바르르 떨리기도 했다. 그때 조 차장의 강팍한 소리가 조사실 안에 울렸다.

"아무래도 가출 청소년인 것 같습니다. 너, 학교고 학원이고 전부 무단결석하고 떠돌아다니는 문제아 맞지?"

"뭔 소리예요? 나 그런 양아치 아니에요!"

"그런데 왜 이런 동선이 나와, 어? 도대체 학생이 학원도 안 가고 집에도 안 들어가고 혼자서 맨날 어딜 그렇게 싸돌아다녀? 과천에서 홍대로, 거기서 다시 상암동으로 이동한 게 밤 10시야. 과천에서도 홍대에서도 딱히 출입한 건물이나 시설이 없어. 상암동에 와서야 금요일 밤에 갔던 그 피시방에 또 한 차례 가고. 그리고 이건 뭐야? 밤 11시 32분에 상암동 365약국? 야간 당번 약국인가?"

"그리고 일요일에는 온종일 아무런 이동 흔적이 없네. 집에만 있었니?"

조 차장에 이어 오 팀장이 질문했다.

"몸이 찌뿌둥해서 집에서 잠만 잤어요."

그 말만은 거짓이 아닌 것 같았다. 데이터 동선 기록을 봐도 일요일에는 원룸 근처 편의점에서조차 구매한 흔적이 없었다. 대중교통 이용 내역도 나오지 않았다. 월요일인 오늘 오전 신촌에 있는 대학 병원으로 혼자 가서 검사를 받은 게 전부였다.

세 사람 사이에 무겁고 어색한 침묵이 흘렀다. 그 갑갑함을 깬 건 새롭게 들어온 서류 한 장이었다. 다른 조사관이 오 팀장에게 건네준 하얀 종이에는 성민의 신상 정보가 적혀 있었다. 오 팀장과 조 차장은 새로 추가된 정보를 조용히 훑어 내렸다. 처음부터 끝까지 다 읽은 오 팀장이 길게 탄식을 내뱉었다.

"휴……."

뭐라 한 마디로 묘사할 수 없는 소리였다. 지치고 회한에 찬 숨소리가 조사실을 꽉 채웠다. 잠시 후, 오 팀장이 잔뜩 주눅이 든 성민에게 부드러운 말씨로 물었다.

"성민 군. 부모님 어디 계시지?"

그 물음에 성민이 바늘에 찔린 듯 움찔했다.

"네?"

오 팀장은 성민을 지그시 바라보며 다시 물었다.

"부모님이랑 같이 안 살아?"

성민의 고개가 푹 꺾였다. 네, 라는 대답은 들으나 마나였다.

오 팀장이 새로 받은 서류를 들여다보며 설명했다.

"아까 성민 군 확진 판정 받고 나서 아버님께 계속 연락했어. 근데 통 연결이 안 되네. 아버님이 법적 보호자 맞지? 특별 병동 입원 치료를 위해서는 법적 보호자 동의서가 필수 사항이야. 그래서 경찰 협조를 받아 성민 군 등본을 조회해 봤거든."

성민이 조그맣게 대답했다.

"아마 바빠서 그럴 거예요. 전염병 관련 프로그램 제작 때문에 매일 회사에서 밤을 새운다고 했거든요. 어쩌면 지금 주무실지도 모르고요. 그래서 문자를 봤어도 못 올지 몰라요."

"왜?"

조 차장이 물었다.

"네?"

조 차장이 기가 막힌다는 듯 목소리를 높였다.

"아니, 지금 같은 시국에 아들이 전염병에 걸려서 확진 판정을 받았다는데 안 나타나는 부모가 어딨어? 확진 판정이 아니더라도 하루에도 몇 번씩 안부를 묻고 챙겨야 할 판에."

성민은 잠시 망설이다 천천히 말문을 열었다.

"아빠는 강원도 원주에 살고 있어요. 거기 지국으로 전근했거든요. 아빠는 재혼은 안 했지만 저랑 같이 살진 않아요. 사실은 저도 원주로 전학 가려고 했는데 아빠가 안 된다고 했어요. 서울에서 학교 다녀도 대학에 들어갈까 말까 하는데 갑자기 지방으로 전학해서 무슨 공부를 하느냐면서요. 아빠는 한 달에 한 번이나 두 번 정도 서울에 올라와요. 바빠서 자주는 못 오고요. 상암동에 방송국 본사가 있어서, 본사로 출근하는 날은 제 원룸에서 자요. 그래서 방을 상암동에 얻은 거고요. 원래 연락이 잘 안 돼요. 바쁘거든요. 회의도 많고."

조 차장이 후, 하고 한숨을 내쉬며 반박했다.

"그건 보통 때 얘기고, 지금은 위급 상황 아니냐. 전염병이 유행한 지가 두 달이 다 되어 가는데, 부모라면 평소에 전화를 자주 못 하는 형편이라도 받기는 해야지. 애가 걱정돼서라도 전화기를 항상 옆에 놓고 받을 준비를 하고 있어야 하는 거 아니냔 말이야."

성민의 입꼬리가 비틀어졌다. 정곡을 찔린 얼굴이었다. 그때 오 팀장이 성민 편을 들었다.

"아버님께 문자를 남겼으니 곧 연락이 올 거야."

성민이 기어들어 가는 소리로 중얼거렸다.

"그래도 꼬박꼬박 생활비를 부쳐 줘요. 엄마도 부쳐 주고요. 그 돈으로 원룸 월세 내고 학원 다니고 밥 사 먹고 지내요."

조 차장이 볼펜 끝으로 책상을 톡톡 치며 고개를 갸우뚱했다.

"어머니랑은 연락이 안 되나?"

어머니라는 단어가 나오자 성민의 얼굴이 벌겋게 달아올랐다. 지금껏 기만과 거짓으로 일관하며 버티던 알량한 자존심이 한순간에 무너지는 표정이었다. 그렇지만 울거나 소리 지르거나 하진 않았다. 그냥 조용히 항복을 선언하는 패잔병처럼 맥이 없을 뿐이었다.

그런 성민을 오 팀장이 조심스러운 눈길로 바라보는데, 조 차장이 서류 위에 적힌 문장을 읽었다.

"친모 강지수, 나이 45세, 이혼 뒤 아들 임성민에 대한 양육권 포기? 에이, 그럼 연락 안 되지, 뭐. 학생, 엄마 어디 사는지 모르지?"

조 차장이 함부로 내뱉는 말에 가뜩이나 굳어 있던 성민의 얼굴이 파리해졌다.

"엄마는 제가 중학교 3학년 때 재혼해서 전주에 살아요. 아니, 전주에 살 거예요. 작년에 마지막으로 통화했을 때 전주라고 했으니까요."

'통화'라는 단어에 오 팀장이 반응했다.

"연락한 적이 있으면 지금 어머니 전화번호 가지고 있겠네?"

"네."

"잘됐다. 아버님과 연락이 닿기만 기다릴 게 아니라 당장 어머니한테도 연락하자. 조 차장 말대로 성민 군 상태가 당장 한 시간 후를 모르니까. 그리고 양육권을 포기했다고 해도 친권이라는 게 있어. 치료받을 때 아버님 대신에 어머님을 보호자로 등록해도 돼."

오 팀장이 해결책을 찾은 것처럼 자신 있게 말했다. 그러나 성민은 천천히 고개를 가로저을 뿐 대답이 없었다.

"왜? 어머니가 안 오실까 봐 그러니? 걱정하지 마. 나도 다섯 살짜리 딸이 있는데, 만에 하나 내가 남편과 사이가 나빠져서 이혼한대도 딸에 대한 사랑은 변함이 없을 거야. 엄마란 그런 존재야. 양육권을 포기하신 건 어쩌면 성민 군을 위해서인지도 몰라. 성민 군을 더 풍족하게 해 줄 아버지에게 양보한 거지……."

오 팀장이 성민을 설득하느라 공들여 말하는데, 성민이 툭 끼어들었다.

"전화 안 받을 거예요."

"응? 누가?"

"엄마요. 엄마 제 전화 안 받아요."

"왜? 작년에 통화했다면서."

"네, 그때 그랬어요. 앞으로는 통화하기 힘들 거라고."

"그 뒤에 전화해 본 적 있어?"

"네. 근데 안 받더라고요."

성민이 담담하게 대답하자 조 차장이 발을 쾅, 하고 굴렀다.

"생활비 꼬박꼬박 보내 준다면서! 그것도 거짓말이야?"

"돈은 두 달에 한 번쯤 보내 줘요. 근데 전화는 안 받아요.”

“돈은 보내 주면서 왜 전화를 안 받아? 거참, 이해할 수가 없구먼.”

조 차장이 뭐라고 더 말하려는데 오 팀장이 손을 들어서 막았다.

“하는 수 없네. 아버지한테서 연락 오기를 기다려야지, 뭐.”

조 차장은 성민을 딱하게 바라보며 구시렁거렸다.

“요즘 부모가 어디 부모인가요? 너나없이 이기심만 꽉 차서 죄짓는 줄도 모르고…….”

그 말에 성민의 얼굴에 잠시 분노가 스쳤다. 하지만 곧 평정을 되찾고 이렇게 말했다.

“그런데요, 아까 처음에 말한 거요. 전부 새빨간 거짓말은 아니에요. 엄마 아빠랑 같이 살 때 진짜 그랬어요. 강아지 산책시키고, 단골 빵집에서 식빵 사 먹고, 예술의전당에서 뮤지컬 본 적도 있어요.”

성민은 숨을 고르느라 잠시 쉬다 말을 이었다.

“조사관님, 〈오페라의 유령〉이라고 혹시 아세요? 뉴욕 브로드웨이에서 최장기 공연을 기록한 명품 뮤지컬이요.”

조 차장을 향한 질문이었다.

“〈오페라의 유령〉 모르는 사람도 있냐?”

"그럼 공연도 보셨어요?"

"그, 그건 아직……. 내가 너무 바빠서 말이지."

조 차장이 우물쭈물하자 성민이 피식 코웃음을 쳤다.

"전 중학교 1학년 때 브로드웨이 팀이 내한 공연하는 걸 봤거든요. 엄마 아빠랑."

"아, 그러셨어요? 안물안궁입니다!"

조 차장이 빈정거리며 입술을 쭉 내밀자 오 팀장이 퉁을 놓았다.

"다 큰 어른이 지금 뭐 하는 겁니까? 그것도 환자한테!"

상사의 꾸지람에 조 차장이 새쭉하자 성민이 고소하다는 듯 피식거렸다. 오 팀장은 성민을 안타깝게 바라보며 말을 이었다.

"혹시 창덕궁 동영상 만들어서 교내 경진 대회에 나간 것도 진짜 있던 일이니?"

성민이 고개를 주억거렸다.

"창덕궁 동영상은 중학교 때 봉사 활동 대체 과제물로 제출했어요. 그때 아빠가 대본 쓰기와 촬영, 편집까지 다 도와줬어요."

성민의 표정이 아련해졌다. 이미 흘러가 버린 그리고 다시는 돌아갈 수 없는 행복한 나날들이 소환되는 순간을 음미하는 듯했다.

"혼밥, 혼공, 혼영…… 그야말로 요즘 아이네."

조 차장이 씁쓸하게 중얼거렸다. 그러더니 팔짱을 끼며 말했다.

"야, 임성민. 너만 부모 이혼한 거 아니고, 너만 혼자 지내는 거 아니야. 요즘 대한민국에 너처럼 지내는 아이들 부지기수다. 기죽을 필요도 없고 징징댈 필요도 없어. 기죽는다고 편들어 줄 사람도 없고 징징대 봤자 무시만 당하는 세상이야. 내가 다 살아 봐서 하는 소리야."

성민은 대답 없이 그저 잠자코 있었다. 오 팀장은 아까부터 티격태격하는 성민과 조 차장을 무심히 지켜보기만 했다. 중간중간 기록지와 데이터 취합 보고서를 번갈아 들여다보기도 했다. 조사실에 다시 어색한 침묵이 차올랐고, 성민은 오 팀장의 행동을 조심스럽게 살폈다.

시간이 천천히 흘렀다. 오 팀장은 서류들을 보고 또 보았다. 지금까지 진행된 조사 과정과 그 기록에서 무슨 허점이라도 찾아낼 것처럼 뜯어보고 또 뜯어보았다. 마치 회사 사장에게 직접 결재 받을 기획서를 점검하는 신입 사원 같았다.

성민과 조 차장은 오 팀장에게 말을 붙일 엄두를 내지 못하고 가만히 있었다. 가끔 조 차장이 마른침 삼키는 소리만 우스꽝스럽게 울렸다. 성민은 모든 사실을 다 털어놓은 죄인의 모습으로 늘어져 있었다. 하고 싶어도 해 줄 얘기가 더는 없다는 듯 눈동자가 공허하게 풀렸다. 작은 조사실 안에 끝을 알 수 없는 시간이 흘렀다.

얼마나 지났을까? 드디어 오 팀장이 음, 하는 소리와 함께 입을 열었다.

"자, 이렇게만 하면 무사통과되겠다."

이 말과 함께 오 팀장은 머리에 쓰고 있던 방호복 모자를 벗었다. 모자에 딸려 마스크도 벗겨졌다. 그제야 오 팀장의 얼굴이 드러났다. 가느다란 눈매에 연필로 그린 진한 눈썹이 날카로운 인상을 만들었다. 붉게 칠한 립스틱은 마스크 때문에 지워진 채였다. 마른 체격에 턱선까지 뾰족해서 꽤 까탈스럽고 예민한 성격으로 보였다. 오 팀장이 자리에서 일어나 방호복을 마저 훌훌 벗어 던졌다. 방호복 안은 하얀 블라우스에 검은 정장 치마 차림이었다. 승무원처럼 보이기도 하고 회사원처럼 보이기도 했다.

오 팀장이 뱀 허물 벗듯 방호복을 벗자, 이번에는 조 차장이 기다렸다는 듯 입고 있던 방호복을 북북 찢었다.

"어휴, 답답해서 미치는 줄 알았네."

성민은 눈앞에서 벌어지는 광경을 경악하는 얼굴로 바라봤다. 오 팀장과 조 차장은 질병관리본부에서 나온 역학 조사관이 아니었다. 언젠가 심리 상담 모임에서 잠깐 인사를 나눈 적 있는 다른 지역 모임의 리더들이었다.

'아! 그래서 목소리가 낯익었구나.'

성민은 지금껏 속았다는 걸 깨달았다.

"아니, 두 분이 어떻게……?"

성민이 손가락으로 두 사람을 번갈아 가리키며 물었지만 돌아오는 대답은 없었다. 두 사람은 그저 방호복을 벗느라 여념이 없었다. 황망한 표정으로 앉아 있는 성민 따위는 안중에 없는 분위기였다.

조 차장의 행동은 성질 그대로였다. 1분만 더 들여 천천히 벗어도 될 일을 고새를 못 참아서 택배 포장 뜯듯 방호복을 찢어서 벗었다. 북북 찢겨 나가는 방호복 사이로 드러난 조 차장의 얼굴은 상상한 그대로였다. 검붉은 피부에 눈은 둥그렇고 차가웠다. 메기처럼 두툼한 입술은 한쪽으로 비틀려 야비한 미소를 만들고 있었다. 커다란 얼굴에 견주어 유난히 작은 귀가 짧게 쳐올린 머리칼 아래 앙증맞게 붙어 있었다. 전체적인 인상은 억세지만 불안한 느낌을 주었는데, 오 팀장만큼이나 얇고 짧은 눈썹 때문인가 싶었다. 남자 눈썹치고는 꽤 가늘고 짧았다. 야멸친 눈매는 네모난 주걱턱과 대비되어 균형감이라고는 찾아지질 않았다. 다만 오 팀장보다는 훨씬 젊은 나이로 보였다.

기껏해야 20대 후반? 어쩌면 우락부락한 인상 탓에 나이 들어 보일 뿐, 실제 나이는 20대 중반밖에 안 되는지도 모를 일이었다. 조 차장 역시 하얀 와이셔츠에 검은 양복바지 차림이었다.

조 차장이 방호복 더미를 구둣발로 질겅질겅 밟으며 말했다.

“어휴, 이걸 하루도 아니고 몇 달씩 입고 사는 역학 조사관들은 어떻게 견디냐. 안 그래요, 실장님?”

실장이라는 호칭으로 새로 불린 오 팀장이 맞장구쳤다.

“누가 아니래! 땀 나고 짜증 나서 돌아 버리는 줄 알았잖아. 완전 우주복 저리 가라네. 집중 치료실 의료진은 기저귀 찬다는 소문이 있던데, 허풍이 아닌 것 같아.”

조 차장이 발아래 어지러이 널린 방호복 조각을 내려다보며 말했다.

“실장님, 근데 이 전염병 말이에요. 전파력이 진짜 강하더라고요.”

그 말에 실장이 날카롭게 물었다.

“그래서?”

조 차장이 성민을 힐끗 보더니 대답했다.

“방호복까진 몰라도 마스크는 다시 써야 하지 않을까 해서요.”

실장이 성민을 향해 물었다.

"아침에 검사하고 바로 우리 상담 센터로 온 거 맞지?"

성민이 고개를 주억거리다 물었다.

"그런데 제가 병원에서 검사받는다는 걸 어떻게 아셨어요? 간호사 선생님 안내로 여기까지 온 건데……. 아니, 잠깐! 여기 선별 진료소가 아니라 상담 센터예요?"

성민은 귀신에 홀린 듯한 표정으로 질문을 쏟아 냈다.

"아까 성민이를 안내해 준 간호사도 우리 회원이야. 네가 검사받으러 그 병원으로 갈 때부터 연락이 돼서 너를 우리한테 인수인계하려고 준비하고 있었어."

성민은 머쓱한 표정으로 굳었다. 물건이나 일감을 넘겨줄 때나 쓰는 '인수인계'라는 단어를 사람을 앞에 두고 서슴없이 쓰다니, 할 말이 없었다.

실장이 차근차근 설명하는데 조 차장, 아니 근호라는 남자가 끼어들었다.

"아직 확진 판정 연락은 안 받았지?"

성민이 네, 하고 대답했다. 그러자 실장이 말했다.

"그럼 일러야 내일쯤 결과가 나오겠네."

실장은 여기까지 말하다 근호에게 대꾸했다.

"근호 씨, 만약 성민이가 확진 판정을 받는다 해도 우린 걱정 없잖아! 우릴 지켜 주는 분이 계시는데."

실장이 면박을 주자 근호는 무안해하며 헤헤거렸다.

"그, 그야 그렇죠."

대답은 이렇게 했지만 그의 입가에는 찜찜해하는 기색이 밥풀처럼 붙어 있었다.

실장이 갑자기 엉덩이를 흔들어 대며 발을 굴렀다.

"몰라, 몰라. 난 화장실부터 다녀와야겠어. 싸기 직전이야!"

"저야말로 터지기 직전입니다. 같이 가요, 실장님! "

성민은 호들갑 떠는 두 사람을 멍한 눈으로 구경하다 퍼뜩 정신을 차리며 물었다.

"잠깐만요. 그럼 여태 절 속인 거예요? 왜요?"

"일단 여기서 기다려."

두 사람은 대답 대신에 조사실이라고 하던 방에서 서둘러 나갔다. 오두방정을 떨며 쏜살같이 나가는 꼴을 보아하니 어지간히 급한 모양이었다. 방호복이라는 옷의 힘일까, 아니면 팀장이니 차장이니 하는 호칭의 힘일까? 방호복을 벗어 던지고 팀장에서 실장으로, 차장에서 근호 씨로 바뀐 두 사람은 방금 전과는 전혀 다른 인물로 탈바꿈했다. 말씨며 행동까지 거침이 없었다. 진중함이랄까 품위랄까, 어른이라면 어느 정도 갖추었을 법한 성숙한 분위기는 찾을 수 없었다. 눈앞에 놓인 이익을 보면 염치와 체면 따위는 간단히 던져 버린 채 물불 가리지 않고 달려들 그런 부류였다.

성민은 텅 빈 방 안을 새삼스럽게 둘러보다가 자리에서 천천히 일어났다. 그러고는 왔다 갔다 하며 중얼거렸다.

“병원에서부터 나를 감시했다고? 그럼 지금까지 다 쇼였단 말이야?”

성민은 얼굴이 확 달아올랐다. 몇 시간 동안 시달린 일을 떠올리자니 숨까지 가빠졌다.

“아, 힘들어. 열이 다시 오르나?”

성민은 비틀거리며 등 뒤에 있는 창으로 다가섰다. 창문 밖에는 아직 채 오지 않은 봄의 풍경이 펼쳐져 있었다. 성민의 눈길은 건물 안뜰 한구석에 서 있는 목련에서 멈췄다. 솜털 가득한 새순이 커다랗게 부풀어 곧 꽃망울을 터뜨릴 기색이었다.

“이제 곧 피겠구나. 엄마는 봄꽃 중에 목련이 제일 이쁘다고 했는데.”

순간 무거운 기운이 성민 주위를 둘러쌌다.

“실장님이 정말 아빠한테 전화했을까?”

목련을 건너다보던 성민의 눈가에 그늘이 드리웠다.

“바보같이. 무슨 생각을 하는 거야?”

성민은 혼잣말을 중얼거리며 다시 자리에 앉았다.

"어지러워."

성민은 팔베개를 하고 책상에 엎드렸다.

그때 문이 열리며 두 사람이 들어섰다. 실장과 근호는 각각 자판기 커피를 한 잔씩 들고 있었다. 표정은 더없이 느긋해 보였다. 인기척이 들리자 성민은 몸을 일으켰다.

"그새 잤어?"

근호가 커피를 홀짝거리며 물었다.

방호복을 벗고 나란히 앉은 두 사람은 한 부대에 소속된 군인 같은 분위기를 풍겼다. 앉은 자세도 표정도 쌍둥이처럼 똑같았다.

"자, 마무리하자고."

실장이 종이컵을 책상에 내려놓으며 웃었다.

"성민이가 보기보다 배짱도 좋고 임기응변에도 아주 능해!"

그러자 근호가 한마디 거들었다.

"아까 나한테 〈오페라의 유령〉 봤느냐고 대들 때 어찌나 진지하게 화를 내시는지, 순간 내가 진짜 역학 조사관이 된 것처럼 기분이 나쁘더라니까."

성민은 놀림감이 된 아이처럼 맥이 풀린 표정으로 두 사람을 번갈아 바라봤다.

실장이 부드러운 미소와 함께 설명을 시작했다.

"그렇게 볼 것 없어. 짐작한 대로 역학 조사 시뮬레이션을 해 본 거야. 우리 회원들의 첫 번째 규칙이 뭐야? '오른손이 한 일을 왼손이 모르게 하라.' 이거잖아. 우리의 활동 내역이나 포섭 상황은 절대 외부에 알려지면 안 돼. 그래서 성민이가 잘 해낼 수 있는지 확인하려고 급조한 상황극이었어. 어때? 깜빡 속았지?"

"동선 조사받을 때 딱 아까처럼만 해, 응? 실수하면 안 된다."

근호가 목소리에 서리가 낀 듯 차갑게 내뱉었다.

"그럼 아직 확실한 검사 결과는 안 나온 거죠?"

성민이 대답 대신 물었다.

"우리야 모르지. 연락 온 거 없다며?"

실장은 자기와 상관없는 일이라는 듯 무성의하게 대답했다. 성민은 조바심 가득한 얼굴로 다시 물었다.

"근데 혹시 제가 확진자면 마스크 써야 하지 않나요?"

"뭐?"

"어제 원룸에 누워서 유튜브 찾아보니까 건강한 사람보다 감염자가 먼저 마스크를 써야 전염을 막을 수 있다고……."

성민이 조심스럽게 말하는 도중에 근호가 고함을 쳤다.

“야! 너 누가 인터넷 하라고 했어?”

성민이 흡, 하며 입을 꾹 다물었다. 실장이 종이컵을 매만지며 성민을 쏘아보았다.

“이래서 내가 성민이 사전 교육을 하자고 한 거야. 얘 말이야, 상담 시작한 지 얼마 되지도 않았고, 그동안 교육 성적을 봐도 그렇고, 안심하긴 이르거든.”

실장이 근호를 향해 턱을 까딱거리자 근호가 혀를 내둘렀다.

“역시 실장님 촉은 알아줘야 한다니까요. 성민이가 재혁이랑 짝궁 하면서 감염될 것도 미리 예견하시고.”

성민이 화들짝 놀랐다.

“네? 재혁 선배가 감염자예요?”

그러나 실장은 대답은 않고 엉뚱한 질문을 했다.

“맞다, 성민아! 너 금요일에 홍대에서 재혁이랑 같이 활동했지?”

성민은 손바닥을 부딪치며 발랄하게 묻는 실장을 멍하니 바라보았다. 성민이 기가 막혀 우물거리는데 근호가 나섰다.

“재혁이 금요일에 확진 판정 통보받았는데, 너 모르고 있었어?”

“잠깐, 잠깐만요! 확진 판정 받았는데 저 만나서 홍대도 같이 다니고 피시방에서 상담자 관리 엑셀 파일도 만들었다고요?"

"응. 재혁이가 감염되긴 했는데 무증상자 같더라고. 근데 재혁이가 너한테 진짜 말 안 했어?"

성민이 못 들었다고 펄쩍 뛰자 근호는 두 팔을 하늘로 벌리며 우쭐거렸다.

"재혁이 성실함은 알아줘야 한다니까. 금요일에 확진 통보 받고 나서도 지정 병원으로 안 가고 활동했잖아. 안타깝게도 토요일 아침에 붙들려 갔지만."

실장이 말을 받았다.

"재혁이가 주말 동안 너랑 같이 있었다는 보고를 받자마자 너 감시 시작하고 시뮬레이션 계획을 세운 거야."

그러고는 근호를 향해 물었다.

"재혁이 말이야. 집에서 자다가 끌려갔다며?"

근호가 네, 하고 대답했다. 성민은 눈알을 이리저리 굴리다 웅얼거렸다.

"아! 그래서 토요일에 재혁 선배가 갑자기 연락이 끊겼던 거구나."

성민은 이제야 궁금함이 풀렸다는 듯 고개를 끄덕이다 소리쳤다.

"잠깐만요! 그럼 실장님, 금요일에 저한테 미리 말씀을

해 주셨어야죠. 제가 재혁 선배 만나기 전에요!"

그 말에 실장은 어깨를 으쓱했다.

"옮을지 안 옮을지 확실하지도 않은데 왜 내가 활동 계획을 가로막고 나서니? 그러다 너 점수 떨어지면 나만 원망 듣게?"

근호가 거들었다.

"아까 실장님 말씀 못 들었어? 우린 지켜 주는 분이 계시니까 아무 걱정 없어. 재혁이만 봐도 증명이 되잖아. 확진 판정 받았지만 무증상자라잖아. 그게 무슨 뜻이겠어? 우리는 다 보살핌을 받고 있다는 증거야. 두고 봐, 너도 무증상자로 분류될 거야."

그러나 성민의 얼굴은 근호의 장담이 무색할 정도로 달아올라 있었다. 열이 오른 이유가 바이러스 때문인지 배신감과 모멸감 때문인지는 가늠할 수 없었다. 성민은 어쩌면 그 모두 때문일 수도 있겠다는 생각이 들었다. 그렇지만 지금 이 상황에서 할 수 있는 일은 없었다. 이 자리를 박차고 나간다 한들 아픈 자신을 받아 줄 곳은 없었다. 기껏해야 상암동의 쥐구멍 같은 원룸뿐이었다. 게다가 성민 자신도 두 사람에게 줄곧 거짓말을 한 것이 사실이었다. 성민은 자포자기한 심정이 되어 고개를 숙였다.

실장이 성민의 그런 상태를 재빨리 알아채고 화제를 돌

렸다.

“자, 시간이 너무 많이 지났네. 얼른 정리하고 마무리합시다.”

실장은 책상 위에 놓인 서류를 손가락으로 짚어 가며 확인했다.

“금요일 오전 11시에 카페에서 재혁이랑 만나서 그날 활동할 계획 세운 거 맞지?”

성민이 네, 하고 대답하려는데 근호가 끼어들었다.

“네. 그건 카페 CCTV가 사람 말소리까지 녹음하지 못하니까, 그냥 친구 만나서 수다 떨었다고 우겨도 될 것 같아요.”

실장이 고개를 끄덕이며 질문을 이어 갔다.

“홍대 가서 심리 상담 대상자 물색한 활동은 뭘로 대체하려고 했어?”

“혼자 골목을 돌아다닌 걸로요.”

성민이 대답했다.

실장이 입술을 쫑긋거리며 고개를 가로저었다.

“살짝 약한 거 같아. 그래서 말인데, 홍대 맞은편 놀이터에서 버스킹을 구경했다고 하면 어떨까?”

근호가 끼어들었다.

“에이, 그건 위험해요. 성민이가 내일 폐쇄 병동으로 잡혀 들어갈지도 모르잖아요. 그사이 금요일 낮에 홍대 정문 놀이터에서 버스킹 하는 팀이 아예 없었다고 밝혀지거나 있었대도 어떤 팀이었는지 알아내지 못하면 일이 커진다고요."

실장이 커피를 홀짝거리며 한숨을 내쉬었다.

"그럼 뭐라고 하지? 아니, 아무리 방학이라지만 고등학교 2학년이 학원도 안 가고 홍대 골목을 몇 시간씩 돌아다녔다고 하면 누가 믿겠어?"

근호는 아이디어가 떠오르지 않는지 오만상을 찌푸리며 끙끙거렸다.

주거니 받거니 하는 두 사람을 바라보던 성민이 포기한 듯 말했다.

"그럼 이건 어때요? 책 반납하려고 도서관에 갔는데 전염병 확산 방지 때문에 문을 닫아서 홍대 뒤 와우산에 올라갔다고. 거기 공원에 앉아서 책 읽었다고요."

"오! 그래, 그거 좋다."

실장이 반색하자 성민이 마저 설명했다.

"마침 다 읽지 못한 책을 반납해야 해서 아쉬웠는데, 공원에서 책을 더 읽었다고요. 그리고 천천히 홍대입구역 버스 정류장으로 내려갔다고 하면요?"

근호가 책상을 탁 쳤다. 손바닥으로 책상을 치는 게 버릇 같았다.

“오케이! 완벽해! 근데 성민아, 방금 그것도 진짜 경험담이냐?”

“네. 망원동에 살 때 책 빌리러 도서관에 자주 갔거든요. 그때 와우산 공원에 가서 읽은 책이 아마 『정의란 무엇인가』였을 거예요.”

근호는 눈이 휘둥그레졌다.

“『정의란 무엇인가』라고? 그거 꽤 유명한 책 아니야? 철학 인문서였던 것 같은데.”

“네, 맞아요. 제가 중학교 2학년 때 읽은 책이에요.”

근호가 못 믿겠다는 듯 성민을 흘겨보았다.

“대학생들이나 도전하는 책을 겨우 중2일 때 읽었다고? 거짓말이지?”

성민이 강하게 반발했다.

“거짓말 아니에요. 책 내용을 말해 보라면 할 수 있어요. 제가 근호 반장님처럼 입만 열면 거짓말이나 하는 사람인 줄 아세요?”

그 말에 근호가 벌떡 일어나 성민의 멱살을 잡았다.

“이 새끼 말하는 거 봐라. 야! 너 어디서 그따위 버릇없는…….”

실장이 일어나 근호를 말렸다.

"우리 상담소에서 폭력은 절대 안 돼. 규칙 위반이라고!"

그러나 근호는 씨근덕거리며 손을 놓지 않았다. 성민도 근호를 겨누어 보며 맞섰다. 실장이 다시 한 번 말했다.

"근호 반장! 반성문 쓰고 싶어서 그래요?"

실장이 존대를 하자 근호가 얼른 손을 거두어들였다. 경험상 실장이 자신에게 존대할 때는 두 경우, 즉 마지막 경고나 엄중한 명령을 내릴 때뿐이었다.

"너, 이 자식, 입조심해!"

근호는 분이 풀리지 않는 듯 으르렁거리며 성민에게 손가락질했다.

성민은 심드렁한 표정으로 옷매무새를 가다듬고 앉았다. 그 무심한 표정 끝에 비치는 씁쓸한 후회의 빛은 실장에게도 근호에게도 들키지 않았다.

"금요일 밤 피시방은 아까처럼 재혁이랑 게임했다고 둘러대면 그만이고. 문제는 토요일 과천 본사인데, 집회에 참석한 걸 들키지 않겠지?"

실장이 근호를 향해 물었다. 근호가 갖고 들어왔던 서류에 대한 책임은 근호에게 있다는 투였다.

"네. 성민이 휴대폰이랑 체크 카드 사용 내역 그리고 과천 본사 앞 길거리 CCTV 화면 모두 깨끗했어요."

근호의 보고를 듣고 있던 성민이 실장에게 물었다.

“휴대폰이랑 체크 카드는 사용한 적이 없으니 나올 게 없지만, 본사 건물로 들어가는 모습이 정말 안 찍혔어요? 솔직히 이 점이 자꾸 걸려요.”

“길거리에 있는 카메라는 주로 불법 주정차 단속을 위한 거라서 길 안쪽 깊숙이에 있는 우리 본사 건물은 배경으로 멀리 찍히더라고.”

근호가 대답했다.

“그런 건 어떻게 확인하세요? 카메라에 녹화된 영상은 경찰서에서만 조회할 수 있다고 들었는데.”

성민의 물음에 근호가 거만하게 웃었다.

“얀마, 너 아직 우리 조직이 얼마나 대단한지 모르는구나? 불법 주정차 단속 영상쯤이야 전화 한 통이면 바로 파일로 받을 수 있어.”

성민의 두 눈이 커졌다.

“그럼 경찰서에도 우리 식구가 있단 말이에요?”

“청와대에도 있다. 어쩔래?”

“네?”

성민이 화들짝 놀라자 실장이 손을 내저었다.

“근호 씨, 애 그만 놀려. 청와대는 무슨 청와대야. 경찰서도 마찬가지야. 우리 식구가 있다 해도 함부로 자료를 유출하진 않아. 들키면 옷 벗고 공직 생활 끝인데 누가 그런 무모한 짓을 해?"

그러나 생글거리는 두 사람의 표정으로 보아 근호의 말이 진실에 가깝고 실장의 말은 변명 같았다. 병원 간호사까지 합세해서 검사자를 빼돌릴 정도면 그보다 더한 일도 충분히 벌일 수 있을 것 같았다. 그러나 성민은 더 캐물어볼 엄두가 나지 않았다. 물으면 물을수록 자신만 바보가 되는 느낌이었다.

"과천은 대충 넘어갈 수 있는데 토요일 오후가 문제네. 홍대 지하철역에서 재혁이 기다리다가 오지 않으니까 그냥 혼자서 상담자 섭외 나섰지?"

"네. 아무리 전화해도 안 받고 문자 답신도 없고 해서 여기로 와 볼까 하다가, 그냥 할당 시간을 채우러 돌아다녔어요."

"몇 명이나 포섭했어?"

실장이 물었다. 성민이 우물쭈물 답을 못 하자 근호가 비아냥거렸다.

"몇 명은 몇 명이에요. 빵 명이지."

실장이 휴, 하고 한숨을 내쉬었다.

"확진 판정 받으면 재혁이처럼 병원에 입원해야 하는데 큰일 났네, 우리 임성민 회원."

근호가 말을 받았다.

“포섭이 문제예요? 입원하면 집회에 빠지게 되는데.”

실장이 쯧, 하며 혀를 찼다.

“우리 상담소는 다른 건 몰라도 집회에 빠지면 제명인데. 무슨 일이 있어도 집회에는 참석해야 회원 자격이 유지되는 거 잘 알지?”

성민은 열이 오른 눈으로 실장과 근호를 똑바로 바라보았다. 두 사람은 이미 성민을 제쳐 놓은 것 같았다. 지난날 지역 상담소에서 만난 그들이 성민에게 베푼 배려와 관심, 사랑과 온정은 온데간데없었다. 그 당시 몇 시간밖에 안 되는 동안 실장과 근호가 건넨 가족 같은 정은 실로 강력했다. 그러나 지금은 면접에서 탈락시킨 응시자를 보는 심사 위원의 눈처럼 메마르고 반들반들할 뿐이었다.

실장이 서류에서 손을 떼며 말했다.

“홍대는 토요일이니까 주차장 골목에서 버스킹 구경했다고 둘러대면 문제없을 거야. 주말에 주차장 골목은 인산인해여서 누가 누군지 확인하기 어렵거든. 음, 그리고 밤에 야간 약국 간 거는 그냥 사실대로 말하면 되고.”

“대충 정리된 것 같습니다.”

근호가 주머니에서 휴대폰을 꺼내 성민의 앞에 놓았다.

“이제 집으로 돌아가도 좋아. 하지만 명심해. 역학 조사관들 앞에서 긴장의 끈을 놓치면 안 돼. 끝까지 우리가 만든 시나리오대로 대답해야 해!"

실장은 다짐을 놓느라 말끝에 힘을 주었다. 그러고는 의자에서 일어나 기지개를 켰다.

"아우, 피곤해. 얼른 가서 씻고 자야지."

실장과 근호가 방을 나서려는데 성민이 입을 열었다.

"잠깐만요, 마지막으로 하나 물어볼 게 있어요."

두 사람이 고개를 돌려 성민을 바라보았다.

"뭔데?"

"저기…… 우리 아빠한테 진짜 연락하셨어요? 저 감염검사 받았다고?"

성민의 질문에 실장과 근호는 서로 눈을 맞추더니 고개를 저었다.

"아니! 우리가 왜?"

두 사람은 성민을 놔두고 방을 나갔다. 성민은 책상에 앉은 그 자세 그대로 돌처럼 굳어 있었다.

시간이 흘렀다. 미동도 없이 멍하니 있던 성민이 움찔하더니 책상 위에 놓인 휴대폰을 내려다봤다. 문자가 왔다는 표시가 뜨면서 진동음이 울렸기 때문이다.

성민은 휴대폰을 들어 문자 수신함을 열었다.

서울 마포구 거주 임○민(18세) 님. 검사 결과 양성으로 확인되었습니다. 아래에 안내하는 지정 병원 선별 진료소로 속히 이동해 주시기 바랍니다. 선별 진료소 방문 시……

문자 메시지는 길게 이어졌다. 하지만 성민의 눈에는 메시지 내용이 들어오지 않았다.

성민은 휴대폰을 바지 주머니에 넣었다. 그리고 천천히 방을 나섰다. 미리 방을 나가 버린 실장과 근호는 성민이 문을 열며 중얼거리는 혼잣말을 들을 수 없었다.

"사실대로 말해야지. 거짓말하지 말고."

작가의 말

이제 세상은 코로나 이전과 이후로 나뉜다. 경고성 멘트도 없이 훅 들어온 '새로운 일상(new normal)'은 LTE급으로 우리의 삶을 재편하고 있다. 외출할 때 마스크를 하지 않으면 뭔가 허전하고 불안한 기분에 휩싸이고, 하루 일과는 그날 새롭게 발생한 확진자 수와 지역을 확인하는 것으로 마무리된다.

'사회적 거리 두기'라는 미명 아래 혼자 사는 삶이 당당해지는 분위기를 슬퍼할 새도 없이 서로를 소외시키는 풍토가 권장되고 있다. 설마설마하며 이번 달만 버티자 하던 인내심이 바닥을 드러내지만, 끝이 보이지 않는 코로나 팬데믹. 이 낯설고 두려운 요지경 속에서 실로 전에 없던 경험치가 쌓이는 중이다.

이 짧은 소설은 그런 경험치 중의 하나를 이야기로 엮어 본 첫 시도다. 코로나19 때문에 벌어지는 진풍경을 스케치하는 작업을 계속해 나갈 생각이다.

마스크 한 장

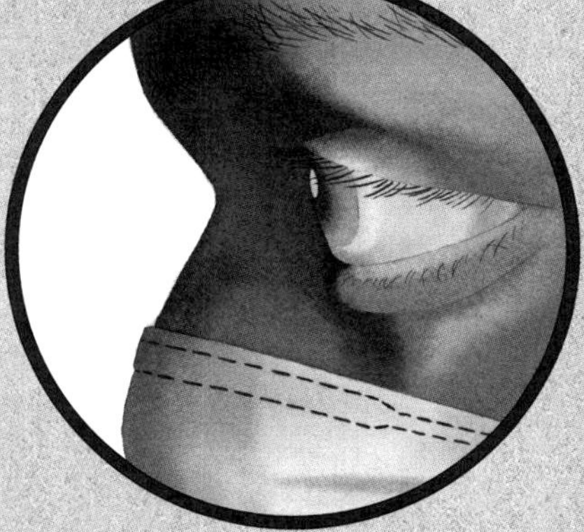

윤혜숙

한국콘텐츠진흥원 원작 소설 창작 과정에 선정됐으며, 『밤의 화사들』로 제4회 한우리청소년문학상을 받았고, 경기문화재단 창작지원금을 받았다.
『뽀이들이 온다』 『계회도 살인사건』을 썼으며, 『민주를 지켜라!』 『대한 독립 만세』 『광장에 서다』 등을 기획하고 함께 썼다.

골목 안은 조용했다. 꺼멓게 이끼가 낀 축대와 바닥에 깔린 희부연 공기가 골목을 음울하게 덧칠했다. 축대에도 슈퍼 문 앞에도 코로나 예방 수칙 스티커가 붙어 있었다. 사람들이 모이는 곳에서는 반드시 마스크를 쓰고 일정한 간격을 유지해야 하며, 외출에서 돌아오면 비누로 손톱 밑까지 꼼꼼하게 씻고, 재채기나 기침을 할 때는 옷소매로 입과 코를 가리라는 안전 수칙은 이제 애국가 가사보다 더 친숙했다.

"너도 약국 가니?"

반갑게 말을 걸어온 사람은 앞집 누나였다. 어쩌다 마주쳐도 데면데면하던 누나인데, 친한 사이처럼 굴어서 좀 놀랐다.

"알람을 맞춰 놨는데도 늦게 일어났지 뭐야. 더 일찍 나왔어야 했는데."

"언제 약국 문 여는지도 모르는데요, 뭐."

누나는 우리 둘 다 마스크를 사면 좋겠다며 눈을 찡긋했다.

"요즘도 영화관 알바해요?"

앞집 누나가 영화관에서 알바를 한다고 알고 있었다. 영화관에 갈 일은 거의 없었지만, 딱히 할 말이 없어 안부를 물었다.

"아니. 관객이 거의 없어서 언제 문 닫을지 몰라. 벌써 알바들도 반 넘게 잘렸어."

웬만한 식당이나 커피숍은 진즉에 문 닫았다고 들었는데, 영화관도 상황이 안 좋기는 매한가지인 듯했다.

"집에만 있기 좀 그래서 마스크도 사고, 다른 알바도 알아보려고."

"아, 네……."

아무렇지 않게 대꾸했지만 뜨끔했다. 나도 알바 때문에 마스크를 사러 나왔기 때문이다.

코로나19가 전국으로 퍼지면서 많은 사람이 회사에서 잘렸다. 그나마 재택근무자는 복 받은 거였다. 대부분은 무급 휴가를 받거나 언제 해고 통지서가 날아올지 모르는 무기한 휴직 상태로 지냈다. 우리 형도 예외가 아니었다.

형은 요리 학교를 졸업하고 지난겨울 3성급 호텔에 취직했다. 한 달만 버티면 주방 보조가 된다며 들떠 있던 형에게 다시 영업을 개시할 때까지 쉬라는 통보가 날아왔다. 말이 무급 휴직이지 해고나 다름없었다. 그런데도 형은 코로나19가 곧 사라지고 호텔에 다시 나갈 수 있으리라 확신했다.

복직을 장담하던 형이 까대기 알바를 시작한 건 며칠 전이었다. 호텔에 취직하기 전에 일하던 물류 창고에서 급하게 일손이 필요하다는 연락이 왔다. 형은 "이번 한 번뿐이야. 팀장님한테 신세 많이 졌으니 나 몰라라 할 수 없지."라고 말했다.

까대기 알바를 다녀온 첫날, 형의 얼굴이 어두웠다. 몸은 말랐어도 깡다구가 있어서 일 잘하는 청년으로 통하던 형이라 마음이 쓰였다.

"안 쓰던 몸을 썼으니 안 아픈 데가 없긴 할 텐데……."

손만 대도 인상을 쓰는 형 앞에서 할머니가 쩔쩔맸다.

"아파서 그런 거 아니에요."

"그럼 왜 그러냐? 누구한테 해코지라도 당한 거냐?"

형이 저럴 땐 가만 놔두는 게 좋은데, 할머니는 그럴 수 없는 모양이었다. 핸드크림을 바르는 형에게 슬쩍 말을 붙였다.

"손 다치면 안 되니까 조심해. 요리할 손이잖아. 호텔에 언제 다시 출근할지 모르는데……."

핸드크림을 발라 촉촉해진 손을 내려다보던 형이 나지막이 한숨을 쏟아 냈다.

"알바 갔다가 박 대리님을 만났어. 프런트 담당이었는데, 인턴사원들 다음으로 무급 휴직 들어갔대. 내가 호텔에서 연락할 테니 기다리라고 했다니까, 박 대리님은 그게 그만두라는 말이라는 거야. 코로나19가 끝나도 여행은 당분간 계속 통제될 거고 그러면 호텔 문 닫는 건 시간문제라고."

"사무직 직원은 없어도 되지만 요리사는 필요하니까 형한테는 꼭 연락 올 거야."

"너도 그렇게 생각하지?"

형의 간절한 마음을 아는 터라 나는 고개만 끄덕였다. 그제야 형의 얼굴에 화색이 돌더니 목소리까지 높아졌다.

"다른 덴 다 문 닫아도 택배 회사는 완전 호황이야. 나한테 알바할 친구 데려오라는 걸 보면, 매일 사람들이 새로 들어오는데도 일손이 달리나 봐."

"내가 갈까?"

"일이 힘들어서 안 돼. 그리고 나라에서도 사람 많이 모이는 데는 가지 말랬잖아."

"맷집은 내가 형보다 더 좋거든. 맨날 집에 있는 거 이젠 지겨워."

집에 있기가 지겹다는 말로 둘러댔지만, 돈 생길 일이 없어 막막하던 나에게 일손이 달린다는 말은 한 줄기 빛이었다. 아픈 몸으로 무슨 일을 나가느냐는 형의 성화에 못 이겨 할머니가 공공 근로를 안 한 지 여섯 달이 넘었다. 생활비는커녕 공과금 내기도 버거운 형편에 용돈 얘기를 꺼내는 건 염치없는 짓이었다.

애들이랑 피시방에도 가고, 햄버거도 먹고, 청바지도 새로 사느라 야금야금 빌린 돈은 어느새 눈덩이처럼 불어나 있었다. 다른 친구들처럼 평범한 열여덟 살로 보이고 싶을 뿐인데, 그 평범함마저 나에게는 사치였다. 이번 달까지 돈을 갚지 않으면 친구로 끼워 주던 아이들이 어떻게 변할지 알 수 없었다. 근근이 지켜 오던 신용이 바닥나는 것은 둘째 문제고, 사실은 아이들이 나를 내칠까 봐 불안했다. 물론 애들이 야박하게 군다 해도 이해할 수 있을 것 같았다. 걔들도 집에만 있다 보니 용돈 뜯어낼 구실이 없어졌을 테지. 사회적 거리 두기로 아이들을 만날 일이 없어 그나마 다행이라고 해야 할까.

절대 안 된다고 하던 형은 여기저기 연락해 보더니 결국 손을 들었다.

"딱 하루만이야. 팀장님 부탁 때문에 데려가는 거다."

"눈치껏 할게. 걱정하지 마."

그렇게 어제, 까대기 알바를 갔다. 새벽 차를 타고 파주에 도착하니 7시도 안 된 이른 시간이었다. 반장한테 인사하는 둥 마는 둥 하고 바로 작업에 들어갔다. 산더미처럼 쌓인 택배 상자를 보자 팔에 힘이 불끈불끈 솟았다. 제대로 일하는 모습을 보여 줘서 팀장한테 눈도장을 찍을 생각이었다. 야간 조가 지역별로 정리해 둔 택배 상자를 차에 옮겨 싣는 일부터 시작했다. 끝도 없는 왕복 달리기의 반복이었지만, 지칠 겨를도 없이 두세 개씩 상자를 날랐다. 힘을 한꺼번에 다 쓰지 말고 요령 있게 굴라는 형의 잔소리는 귓등으로 들었다.

총괄 팀장이 나타난 건 9시였다.

"야, 거기! 마스크 없어?"

팀장이 소리쳤다. '거기'가 나인 줄은 꿈에도 모르고, 나는 기회다 싶어 더욱 재게 움직였다.

팀장이 씩씩대며 달려와 내 팔목을 잡았다.

"내 말 안 들려? 왜 마스크 안 써?"

"그게……."

솔직히 마스크는 생각도 안 했다. 집에 하나 남았던 마스크는 형이 썼고, 형 말로는 물류 창고가 운동장만큼이나 넓다고 해서 별일 없을 줄 알았다. 게다가 힘쓰는 일이니 땀도 차고 거추장스러울 것 같았다.

"당장 나와. 방역 조사단한테 걸리면 여기 폐쇄되는 거 몰라?"

"내일은…… 꼭 마스크 하고 올게요."

"일하는 자세가 안 됐잖아! 지금이 어떤 때인데!"

소란스러운 소리에 형이 달려왔다. 다음부터는 꼭 마스크를 준비하도록 단단히 이르겠다고 했지만, 그렇게 해결될 문제가 아니었다.

"두 시간 일한 거라도 챙기고 싶으면 마스크부터 하고 다시 와."

형이 사정해서 그나마 봐준 거라고 으름장을 놓고서야 총괄 팀장은 사무실로 들어갔다. 마스크 때문에 일당 10만 원이 날아갔다. 그게 어제 일이었다.

"요즘 학교도 못 가지?"

물류 창고에서 쫓겨난 뒤에 집 근처 약국을 이 잡듯 뒤지고 다녔지만 마스크를 한 장도 못 샀다. 오늘은 기필코 마스크를 구해야 한다는 생각에 골몰한 나머지 누나가 내 팔목을 흔드는 줄도 몰랐다.

“벌써 석 달이 다 돼 가요. 담임 선생님이 어떻게 생겼는지, 우리 반 애들이 누군지 얼굴도 못 봤어요.”

“난 요즘 어른들보다 애들이 더 불쌍하더라. 완전히 감옥살이잖아?”

나랑 몇 살 차이도 나지 않을 것 같은 누나가 나이 많은 어른처럼 말했다.

그때 주머니 속에서 핸드폰이 부르르 떨렸다.

“야, 어디야?”

같은 반 기훈이었다.

“마스크 사러 가.”

“보호자 없으면 엄청 귀찮다던데. 할머니랑 같이 가?”

옆에 할머니가 있다고 생각하는지 기훈이의 목소리가 작아졌다.

“아니. 학생증이랑 주민 등록 등본만 있으면 되잖아. 너네는 마스크 넉넉해?”

“아빠 건 회사에서 나오고, 하여튼 좀 있어.”

한 장만 달라고 부탁하고 싶었지만, 요즘에는 핸드폰은 빌려도 마스크는 절대 빌릴 수 없었다. 마스크는 의리나 우정으로도 양보할 수 없는 생존 필수품이었다.

"근데 왜 전화했냐?"

"너희 동네에서 확진자 나왔다며?"

아, 그거였구나. 기훈이도 우리 동네에서 확진자가 나왔다는 안내 문자를 받은 거였다.

"우리 집에서 30분은 더 가야 하는 동네거든!"

"그래도. 바이러스는 엄청 멀리까지 날아간다던데……. 내가 좋은 치료법 아는데 가르쳐 줄까?"

기훈이는 나를 아예 확진자 취급 했다. 시끄럽다고 소리치고 전화를 끊었다. 핸드폰을 던져 버리지 않은 게 다행이었다.

대구에서 슈퍼 전파자가 나타난 뒤 한 달간 이어지던 질병관리본부의 방역에 구멍이 뚫렸다. 대구에서 한참이나 떨어진 옆 동네에서 코로나19 확진자가 발생했다는 문자를 받자 소름이 오싹 돋았다.

"옆 동네 확진자도 그 교회 신자일까요?"

"글쎄……."

코로나19 얘기를 하다 보니 큰길까지 금세 내려왔다. 핸드폰 앱을 검색하고는 큰길 옆 약국으로 가겠다는 누나와 헤어졌다.

'함께하면 이겨 낼 수 있습니다. 힘내라, 대한민국'

약국 옆 빌딩에 걸린 현수막 위로 우중충한 하늘이 낮

게 드리웠다.

약국 앞에 도착하니 7시가 한참 지나 있었다. 뉴스에 나오는 것처럼 끝도 없이 줄을 서지는 않았지만, 기다리는 사람이 벌써 스무 명쯤 돼 보였다. 맨 뒤로 가 줄을 서는데, 바바리 차림의 아저씨가 약국 앞에 나타났다. 유리문에 얼굴을 대고 약국 안을 들여다보던 아저씨가 몸을 돌리며 말했다.

"마스크는 언제 들어올지 장담할 수 없답니다. 안 들어올지도 모르고요."

"그쪽이 이 약국 약사요?"

"그건 아니지만……."

조금 전 당당하던 모습과는 달리 아저씨가 쭈뼛거렸다. 아저씨의 행동에 잔뜩 신경을 곤두세운 사람들이 저마다 한마디씩 쏘아붙였다.

"되지도 않는 꼼수 부리지 말고 맨 뒤에 가서 서요."

맨 앞에 선 벙거지 할아버지였다.

"어제도 저런 아저씨 있었다던데. 그 아저씨 말 믿고 몇 사람이 다른 약국으로 갔다더라고요."

"경쟁률을 줄이려고 저런단 말이에요? 어이없네요."

"하여튼 별별 사람이 다 있다니까……."

"우리끼리 대기표라도 만드는 게 어때요?"

할아버지 뒤로 서 있던 사람들이 떠들기 시작했다.

사람들 많아?

응. 내 뒤로 계속 오고 있어.

오늘 마스크 꼭 사야 되는 거 알지?

응. 팀장님이 딴소리 안 하겠지?

아직까지는.

약국 문이 열릴 때까지 얼마나 기다려야 할지 알 수 없었다. 나중에 온 사람들은 맨 앞줄까지 와서 사람 수를 세었다. 나는 열아홉 번째니까, 중간에 이상한 변수만 없다면 확실하게 마스크를 살 수 있을 것 같았다.

"할아버지, 좀 가만히 계세요. 자꾸 들락날락하시니까 정신 없잖아요."

"날 밝자마자 나왔더니 다리가 아파서…… 좀 앉아 있다 왔는데, 언제 들락날락했다고 그래?"

뒤에 서 있던 젊은 여성과 벙거지 할아버지 사이에 말다툼이 벌어졌다.

"할아버지 때문에 자꾸 순서가 헷갈리니까 그러죠. 다리 아프면 다른 사람을 내보내시지……."

젊은 여성이 웅얼거리자 할아버지가 헛기침을 했다.

몇 달째 관절염으로 고생하는 할머니가 여기 있었다면 어떤 대접을 받았을까? 생각만 해도 이마가 찌푸려졌다. 할머니는 아빠를 못 보고 죽을까 봐 제일 무섭다고 입버릇처럼 말했다. 고생 고생해 가며 키워 이제 겨우 제 앞가림하게 됐는데, 아빠한테 아이들 잘 건사해 줘서 고맙다는 말 한마디 못 듣고 코로나19 때문에 죽는다면 정말 억울할 것 같다고도 했다.

"우리 장손이 그 큰 호텔 요리사도 되고……. 네 아버지가 이걸 알면 당장 집에 돌아올 텐데."

"그 인간 얘기는 하지 말랬잖아요! 낳기만 하면 부모예요? 난 그 인간 돌아와도 절대 안 볼 거니까 그렇게 아세요. 석우 너도 명심해."

모처럼 분위기가 좋다가도 아빠 얘기만 나오면 살벌해졌다. 쩔쩔매는 할머니도, 형이 왜 그러는지 잘 아는 나도 덩달아 기분이 가라앉았다. 그때마다 우리 반에서 형한테 용돈 받는 애는 나밖에 없을 거라는 너스레에 형의 얼굴이 펴지긴 하지만 말이다.

아직도 형은 호텔에서 전화가 올 거라 믿고 있을까?

몸을 이리저리 틀어 보고 제자리에서 펄쩍펄쩍 뛰어 보기도 했지만, 시간은 더디게 흘렀다. 습관처럼 핸드폰을 켰다. 내가 고등학생이라는 사실을 알려 주는 건 단톡방뿐이었다. 예전 같으면 아침 자습 시간인데, 지금은 다들 뒹굴뒹굴하거나 게임을 하고 있을 테지.

예상과 달리 벌써 몇몇 아이들이 단톡방에 들어와 있었다. 개학이 미뤄졌다는 담임의 연락을 처음 받았을 때는 신이 나서 매일 늦잠이나 실컷 잘 것처럼 굴더니, 일주일도 안 돼 아침 일찍부터 단톡방에 모여 와글거렸다.

학교 가고 싶다.

거짓말! 수업 시간에
제일 많이 잤으면서.

나만 그런가? 솔직히
너희도 그렇잖아!

얘들아 보고 싶다.

갑자기 웬 고백!

킬킬대는 소리가 들리는 것 같았다. 입가에 슬며시 미소가 지어졌다.

그때 규빈이가 단톡방에 들어오자 아이들이 아우성을 쳤다.

> 마스크 남은 거 나한테 두 장 넘겨라.
> 그거 쓰고 동굴 탈출하게.

> 나도 나도.

규빈이는 한참 뒤에야 대꾸했다.

> 우리 쓸 것도 없대. 미안.

일주일 전만 해도 규빈이는 단톡방의 영웅이었다. 공영 홈쇼핑에서 마스크를 자그마치 30장이나 샀기 때문이다. 온 가족이 나서서 마스크 구매 작전을 벌인다고 규빈이가 제 입으로 떠들었기 때문에 다들 알고 있었다.

기하급수로 늘어나는 확진자들 때문에 공영 홈쇼핑에서 마스크를 판매하기 시작했다. 30장에 23,900원. 한 장에 천 원도 안 되는 가격이라 다들 기대 반 설렘 반으로 방송 시간을 기다렸다. 방송 첫날, 준비된 마스크 15만 장이 10분도 안 돼 매진됐다는 뉴스로 전국이 시끌시끌했다.

30장을 샀다고?

그렇다니까. 나는 유선 전화로, 엄마는 핸드폰으로 했는데 내가 성공한 거지. 우리 엄마는 내가 100점 받아 오는 것보다 더 대단한 일을 했대. 그게 얼마나 굉장한 확률인지는 알지?

알지. 내가 아는 사람 중에
성공한 사람은 너뿐이야.

아빠가 저녁에 고기 파티 하재.

네 배 다 채우려면 고깃값이 몇 배는 더 들겠다.

ㅋㅋㅋ

그날 우리도 공영 홈쇼핑에서 마스크를 사면 어떻겠느냐고 슬쩍 형한테 물었다. 공영 홈쇼핑 방송은 언제 마스크가 들어올지 몰라 정해진 시간 없이 하루에 두 번, 게릴라식으로 했다. 그런 탓에 온종일 텔레비전을 틀어 놓고 손가락이 저리도록 전화를 걸어야 했다. 300통은 기본이라는 말도 돌았다. 규빈이는 하루에 600통 넘게 전화를 건 적도 있다면서, 혹시나 하는 기대심 때문에 심장이 쫄깃하다고도 했다.

"형, 우리 반 규빈이가 홈쇼핑에서 마스크 30장 샀대."

"운이 좋았네."

"규빈이 보니까 아예 승산 없는 일도 아닌 것 같아. 내가 손 하나는 기가 막히게 빠르잖아? 우리도 유선 전화를 놓으면 해 볼 만한데……."

"몇 달 치 전화 요금이랑 설치비 따지면 마스크값보다 몇 배는 더 비싸. 언제 방송할지도 모르고……. 다시는 그 얘기 꺼내지 마."

가성비 운운하며 별별 구실을 다 댔지만, 결국 가욋돈을 쓸 만큼 형편이 좋지 않아서 그런다는 것쯤은 눈치로 알 수 있었다.

시간이 지나자 대기 줄은 점점 길어졌다. 이제는 약국을 지나 옆 빌딩 앞까지 사람들이 줄을 섰다. 그렇게 사람들이 많이 모여 있는데도 차 소리밖에 들리지 않을 만큼 조용했다. 누가 말할 눈치만 보여도, 혹시 침이라도 튈까 봐 사람들은 지레 몸을 사렸다. 절대 입을 열지 않겠다고 맹세라도 한 듯 사람들은 핸드폰만 들여다봤다.

그나마 마스크를 싸게 팔던 온라인 쇼핑몰에서도 며칠 전부터 가격이 천정부지로 올라, 천 원 이하이던 마스크 가격이 4천 원을 훌쩍 넘어섰다. 편의점이나 화장품, 옷

가게 같은 곳에서는 한 장에 만 원이 넘는 가격으로 거래되기도 했다. 마스크 상자를 찍은 사진만으로 사기를 치는 사건이 늘었다는 뉴스가 하루가 멀다 하고 들려왔다.

아무 하는 일 없이 멀뚱히 서 있자니 정말 지루했다. 그렇게 오랫동안 땅바닥을 본 건 난생처음이었다. 눈자위가 뻐근하고 종아리가 쑤셨다. 낚시용 의자며 돗자리까지 들고 온 사람들이 있다는 뉴스를 보면서 콧방귀를 뀌었는데 이제 절로 이해가 됐다. 어린 나도 이렇게 힘든데 나이 든 어른들은 얼마나 힘들지 상상이 가지 않았다.

9시가 다 되었을 무렵, 어떤 아주머니가 급한 걸음으로 다가왔다. 그러고는 약국 출입문에 붙은 '공적 마스크 마감합니다'라는 안내문을 힐끔 보며 말했다.

"벌써 마감된 거예요?"

"저건 어제 써 붙인 거래요."

"휴, 다행이다. 내 평생 마스크 때문에 이렇게 고생할 줄 어떻게 알았겠어요?"

아주머니가 투덜대며 마스크를 옆으로 잡아당겼다. 양 볼이 벌겋게 드러난 걸 보니 아동용 마스크 같았다.

"저한테까지 차례가 올까요? 애 아빠 출근하고 애들 밥 먹이자마자 서둘러 나왔는데도 줄이 벌써 이렇게 기네요. 어디 따로 마스크 파는 데 없을까요? 못 사면 너무 억울할 것 같은데."

남의 일 같지 않은지 그때까지 조용하던 사람들이 하나 둘 입을 열었다. 마스크를 구할 수 있는 이런저런 방법들이 튀어나왔다. 나도 단톡방에서 주워들은 얘기가 많았지만 잠자코 있었다. 내가 끼어들 틈이 없기도 했다.

요즘엔 마스크를 쓰지 않으면 아예 죄인 취급을 당했다. 밥 먹을 때도 드문드문 떨어져 앉고, 자기 집에서까지 자가 격리를 한다는 말이 심심치 않게 들렸다. 한 치 앞이 안 보일 정도로 황사가 날리고, 암보다 무섭다는 미세먼지 농도가 연일 최고치를 경신할 때도 맨얼굴로 다니던 사람들이 이제는 마스크 없이는 아예 집 밖에 나갈 엄두를 내지 않았다. 나갈 일이 없어도 마스크를 여유 있게 챙겨 놓지 않으면 불안해했다. 질병관리본부에서 한 시간 간격으로 방역에 온 힘을 다하겠다 발표해도 소용없었다. 사람들은 마스크 사는 데 목숨을 건 듯했다.

마스크를 사면 한 장은 할머니한테 건네야겠다. 집에만 있으면 다리가 굳으니 조금씩 움직여야 한다는 의사의 말도 그렇고, 이제 알바도 할 테니 할머니의 걱정을 덜어 주고 싶었다. 당장은 돈 때문에 공공 근로를 다시 나가겠다는 할머니를 말리는 게 우선이지만.

"신문 구독료를 자동 이체 하면 마스크 준다는 얘기를

들었어요."

"편의점에서 맥주 사면 준다는 말도 있어요. 알코올로 소독하면 감염 예방에 도움이 된다는 소문이 도니까 이벤트를 했다나……. 나 같은 소주파들도 마스크 때문에 혹하더라고요. 하도 항의가 많아서 바로 중단했다지만."

그 말을 한 아저씨의 얼굴이 유난히 거무튀튀해 보였다. 사람들의 시선을 느끼고 아저씨는 손바닥으로 얼굴을 쓸어내렸다.

"이런 상황을 장사에 이용하다니, 나쁜 놈들이네. 앞으로 그놈의 회사 맥주는 한 병도 안 팔아 준다!"

벙거지 할아버지가 답답하다며 마스크를 벗고 침을 튀기며 흥분했다.

"아이고, 할아버지! 답답해도 마스크는 쓰셔야죠."

아주머니가 손바닥으로 마스크를 가리며 뒤로 물러섰다. 다른 사람들도 슬쩍슬쩍 물러섰다. 나 역시 몸이 뒤로 꺾였다.

"집에서나 벗어야지 여기서 그러시면 어떡해요."

소주파 아저씨가 화난 듯 한 발짝 앞으로 나섰다.

"마스크 쓰면 숨쉬기가 얼마나 힘든지 아나? 목이 콱 막히는 게 딱 죽을 맛이라니까. 내가 계속 벗고 있었던 것도 아니고 잠깐 벗었을 뿐인데, 다들 너무하는구먼."

벙거지 할아버지는 말도 제대로 끝내지 못하고 가쁜 숨을 몰아쉬었다. 온갖 인상을 쓰며 할아버지를 노려보던 사람들은 딴청을 부렸다. 잠깐 바깥에 다녀온 뒤 "마스크가 사람 잡는구나." 하던 할머니 말이 생각났다.

아이 엄마라던 아주머니가 갑자기 나에게 신경질 섞인 목소리로 말했다.

"학생도 마스크 좀 쓰고 있어. 자꾸 벗지 말고. 나만 살자고 마스크 하는 거 아니잖아? 이럴 때일수록 남도 생각해야지."

나도 쓰기 싫어서 그러는 게 아닌데. 하도 여러 번 빨아서 낡고 후줄근한 데다 누렇게 바랜 할머니의 마스크라 좀 그랬다. 그런 걸 쓰느니 차라리 눈총을 받는 편이 나았다. 번듯하고 안전한 새 마스크를 사려고 나온 건데…….

억울했지만, 괜히 입을 열었다가 욕만 더 먹을 것 같아서 고개를 아래로 떨어뜨렸다. 아주머니의 매서운 눈초리가 계속 따라붙는 것만 같았다.

"저쪽 동네 약국처럼 여기도 다섯 장을 주겠죠?"

"원래 다섯 장씩 주는 거 아니에요? 다섯 장을 사도 회사 다니는 애 아빠가 쓰면 며칠 못 버틸 텐데……."

"그 집은 애 아빠가 공기업 다니잖아요! 회사에서 마스크 나오는 걸로 아는데, 왜 거짓말을 해요?"

까만 마스크를 쓴 아주머니가 소리쳤다. 두 사람이 한 동네 사람인 모양이었다.

“요즘은 물량이 달려서 회사에서도 안 줘요. 오늘 못 사면 우리 집도 큰일이라고요.”

아이 엄마는 자기 자리로 돌아가지 않고, 약사 말이라도 듣고 가겠다며 잠깐만 잠깐만 하면서 주위를 맴돌았다.

다시 휴대폰을 보니 기훈이가 남긴 메시지가 있었다.

석우야, 사거리 과자 할인점에 가 봐. 거기서 마스크도 판대.

거기서 왜 마스크를 팔아? 약국에서만 파는 거잖아.

뒤늦은 답에도 기훈이가 금방 메시지를 보냈다.

지하철역 안에 있는 매장들 있지. 옷이나 화장품 파는 데서도 판대.

진짜?

내가 영 믿지 못하는 듯하자 기훈이가 사진까지 보냈다. 정말 계산대 옆에 대형 박스가 있었고, “마스크 1매

5천 원"이라고 적힌 글자가 또렷하게 보였다.

5천 원이라니! 지난겨울에만 해도 30장 들어 있는 황사 마스크가 겨우 2천 원이었다. 그러니 더더욱 공적 마스크를 사야 했다. 1,500원도 우리한테는 큰돈이었다.

혹시 거기서 못 사면 사거리 전철역 근처 약국에
가 봐. 거기는 2시부터 판매한다고 떴어.

나를 확진자 취급한 기훈이에게 열불 냈던 게 갑자기 미안해졌다. 오지라퍼 기훈이가 중간중간 메시지를 보내 줘서 덕분에 덜 심심했다.

9시 20분이 넘어서야 약국 문이 열리고 약사가 걸어 나왔다.

"마스크 들어왔나 봐요?"

누군가의 말을 듣고 앞으로 몰려드는 사람들 때문에 행렬이 흐트러졌다.

"여기는 대기표 안 주나? 나는 7시부터 나와서 기다렸으니 1번 주시오."

시위라도 하듯 팔을 내젓던 벙거지 할아버지가 콜록대더니 바닥에 가래를 뱉었다.

"어휴, 더럽게 원……."

비슷한 연배로 보이는 할머니가 부리나케 손수건으로 입을 가렸다.

"저는 어제 대기표 받았어요."

아이 손을 잡은 아주머니가 종이쪽지를 흔들어 대며 소리쳤다.

"우리 약국은 대기표를 안 드려요. 공연히 그거 받으려고 새벽부터 기다리게 하고 싶지 않아서요."

약사가 말했다. 대기표 주랴 마스크 포장하랴 중복 구매 확인 시스템에 입력하랴, 공적 마스크 판매가 시작되자 약사들의 일이 몇 배나 늘었다. 마스크가 들어오는 시간이 정해지지 않아서 무작정 기다려야 하는 사람들의 원성과 시비에 시달리는 것도 온전히 약사들 몫이었다.

"마스크 공장들이 밤새 생산 라인을 돌리는데도 100장밖에 안 들어와요. 더 많은 분들에게 돌아갈 수 있도록 두 장씩 드릴까 하는데 어떠세요?"

약사의 말이 떨어지기 무섭게 사람들이 두 패로 갈렸다.

"그냥 다섯 장 주세요. 새벽부터 기다렸단 말이에요."

스무 명 안에 든 사람들의 말에 나도 고개를 끄덕였다. 그거면 닷새 동안 까대기 알바를 할 수 있다. 알바비만 50만 원이다. 마스크를 절대 포기할 수 없는 이유다.

"우리도 기다리긴 마찬가지예요. 조금씩 양보하면 서로

좋잖아요?"

뒤에서 마음을 졸이는 사람들도 지지 않았다. 두 부류의 사람들이 서로 양보할 수 없다고 악다구니를 썼다.

보다 못한 약사가 사람들을 말렸다. 말싸움은 겨우 누그러졌지만, 사람들의 웅성거림은 좀체 수그러들지 않았다. 이러다가는 언제 마스크를 살 수 있을지 모를 일이었다.

잠잠해진 틈을 타고 내가 조심스럽게 입을 열었다.

"……한 사람당 석 장씩 주는 건 어때요?"

"오! 그거 괜찮은 생각이네."

"그렇게 합시다!"

앞줄 사람들은 두 장을 받을 줄 알았는데 석 장이라서, 뒷줄 사람들은 한 장도 건지지 못할 줄 알았는데 석 장이나 생겨서 모두 흡족한 것 같았다.

수런거리는 소리가 잦아들자 약사가 만족스러운 얼굴로 빠르게 말했다.

"사회적 거리 두기 아시죠? 모두 마스크 쓰고 조금 더 떨어졌으면 좋겠어요. 그럼 전 들어가서 마스크를 석 장씩 포장할게요. 조금만 더 기다려 주세요."

약사의 말에 힘을 얻은 사람들이 오늘은 마스크를 살 것 같다며 이구동성으로 말했다.

"참! 그 대기표는 어디에서 난 거요?"

할아버지가 묻자 아이 엄마의 얼굴이 새빨개졌다. 어제 마스크를 사지 못한 사람들이 자체적으로 만든 거라며 아이 엄마가 변명하듯 우물거렸다.

"저는 제자리로 갈게요. 실례했어요."

아이 엄마가 종종걸음을 치며 뒤쪽으로 갔다.

성공?

대기 중. 살 확률 100%

다행

일이 많이 밀렸는지 형의 메시지가 아주 짧았다.

마스크 대란이 일어나자 정부는 부랴부랴 면 마스크를 써도 된다, 필터만 따로 구입해서 써라, 마스크 하나를 한 사람이 며칠 계속 써도 괜찮다 등등 말을 바꿔 가며 발표했지만, 사람들의 불안한 마음을 잡지는 못했다. 오히려 공적 마스크를 사는 데 더 필사적이었다. 나를 포함해 줄을 선 사람들도 마찬가지였다.

"학생, 잠깐만 자리 좀 봐 줄래? 약을 사야 하는데, 약국이 문 열 기미가 도통 안 보여서 말이야. 얼른 가서 알아보고 올게."

뒤에 선 아저씨가 갑자기 말을 걸었다. 그러고 보니 약사가 마스크를 다시 포장한다고 들어간 뒤로 시간이 꽤 흘렀다. 그래도 아저씨 말은 별로 믿기지 않았다.

"다들 눈 시퍼렇게 뜨고 있으니 변칙 쓸 생각일랑 하지 마세요."

아이 엄마의 말에 의심에 찬 눈초리가 아저씨에게로 한꺼번에 쏠렸다. 그렇게 말한 아이 엄마는 사람들이 제자리를 지키라고 타박해도 끄떡 않던 밉상이었다. 아저씨가 자리를 뜨자 뒤에서 나직한 말소리가 들렸다.

"저 사람, 약사 친척인 것 같던데……."

"정말요? 그럼 마스크를 먼저 받아 갈 수도 있겠네요?"

"그건 안 되지!"

뒤에 선 사람들이 술렁거렸다. 나는 핸드폰으로 약국에 들어가는 아저씨의 뒷모습을 찍었다. 나중에 무슨 일이 벌어지면 증거로 쓸 생각이었다.

3분도 안 돼 아저씨가 나왔다.

"거기 아저씨, 주머니 좀 봐요."

아이 엄마의 말에 아저씨가 웃옷 주머니를 뒤집어서 보여 주었다.

"약 샀어요. 보이시죠? 전 마스크 포기하고 갑니다."

아저씨가 약봉지를 들어 보이며 몸을 돌렸다. 그러고는

누구에게 쫓기기라도 하듯 뛰다시피 걸었다.

"정말 약만 샀을까요?"

"그거야 모르지! 안주머니, 바지 주머니는 확인 못 했으니까."

"혹시 기자 아닐까요? 마스크 구매 현장을 취재하러 온 기자요."

"정말 그럴지도 몰라요. 아까 나한테 몇 시에 나왔느냐, 가족은 몇이냐, 꼬치꼬치 캐묻더라고요."

잔뜩 촉을 세웠던 사람들이 입맛을 다셨다. 분위기가 다시 잠잠해지자 사람들은 핸드폰을 들여다보며 뉴스를 검색했다. 곧 확진자 수를 발표할 시간이었다. 다들 지난밤에 몇 명의 확진자가 생겼는지, 확진자의 이동 경로가 어떤지 확인하고서야 안도했다.

얼마 뒤, 사레들렸는지 소주파 아저씨가 기침을 쏟아 냈다. 옆에 있던 사람들이 눈살을 찌푸리며 펄쩍 뛰었다. 나도 얼른 소매로 입을 가렸다.

"나, 난 오늘 바깥에 처음 나왔어요. 내내 집에만 있었는데……."

소주파 아저씨는 손을 휘휘 저으며 쩔쩔맸다. 멀찍이 떨어졌던 사람들이 그제야 옹송그린 어깨를 폈다.

드디어 약사가 나왔다.

"천천히 한 분씩, 1미터 간격을 두고 차례대로 들어오세요."

약사는 같은 말을 몇 번이나 되풀이했다. 빨리 들어간다고 마스크를 더 많이 사는 것도 아닌데, 뒷사람들이 자꾸 앞으로 밀려 나왔다.

"밀지 마세요. 이러다 넘어지겠어요."

나는 밀리지 않으려고 발바닥에 잔뜩 힘을 주었다.

드디어 내 차례가 되었다. 학생증과 주민 등록 등본을 내밀었다. 그동안의 복잡한 감정들이 한꺼번에 밀려왔다. 뿌듯함이 차오르기도 했다.

"학생, 마스크 못 사겠는데?"

잘못 들었나 싶어 처음엔 어안이 벙벙했다. 마스크를 못 사다니? 팀장과 형의 얼굴이 오락가락하면서 곧 머릿속이 하얘졌다.

"네? 왜요?"

"여기 학생증에 주민 등록 번호가 없잖아. 이 학생증으로는 구매할 수 없어."

약사는 주민 등록 번호가 나오지 않은 학생증은 소용없다고 했다. 주민 등록 등본에 있는 김석우가 나와 동일 인물인지 확인할 수 없다는 이유였다.

"여기 전옥분 씨가 우리 할머니고, 김석기는 우리 형이고, 여기 김석우가 저라고요.”

“그래, 그건 알겠는데……. 이 학생증으로는 네가 김석우라는 걸 밝힐 수 없다니까. 그리고 이 등본도 석 달이나 지난 거네. 이것도 문제가 될 수 있어.”

내가 나라는 걸 증명할 수 없다니……. 미치고 팔짝 뛸 일이었다.

“거, 얼른얼른 합시다.”

“학생, 안 된다는데 자꾸 우기면 안 되지.”

문밖에 줄을 선 사람들이 한마디씩 했다. 얼굴이 후끈 달아올랐다.

“사진이랑 주민 등록 번호가 함께 나와 있는 신분증 없어? 집에 여권 있지?”

한 번도 해외여행을 가 본 적이 없으니 여권이 있을 리 없었다. 방학 때마다 친구들이 해외여행 간다고 해도 부럽지 않았는데, 지금은 죽도록 부러웠다. 마음 같아서는 발가벗고서라도 내가 김석우라고 증명하고 싶었다.

“오늘 마스크를 꼭 사야 돼요.”

“이걸로는 못 산다니까.”

“여권 말고 다른 방법은 없어요?”

“학교에서 발급한 생활 기록부 같은 거, 사진이랑 주민 등록 번호가 같이 있는 거면 돼.”

"학교에 못 가잖아요!"

내가 울상을 짓자 약사는 잠깐 기다리라고 하더니 문밖으로 나갔다.

"이 학생이 여권을 챙겨 오거나 보호자를 데려올 수 있도록 여러분이 양해해 주시면 어떨까요?"

약사가 사정했지만 사람들은 그럴 수 없다고 언성을 높였다.

"원칙대로 해요. 제대로 알아보지 않은 학생 잘못이지."

"이런 식으로 봐주기 시작하면 끝이 있겠어요?"

여권 얘기가 나올 때부터 반쯤 포기했지만, 따따부따하는 사람들을 보니 더는 버틸 재간이 없었다.

"주민 자치 센터에 가 보면 어떨까? 사정을 말하면 한 장 정도는 얻을 수 있을 것 같은데……."

누가 뒤에서 이렇게 말했다. 나는 화나고 억울해서 두근거리다 못해 가슴이 옥죄었다. 속사정도 모르고 냉정하기만 한 사람들의 태도에 눈물까지 핑 돌았다. 나는 약사에게 꾸벅 인사하고 약국을 뛰쳐나왔다.

"토요일에 문 여니까 보호자랑 같이 와."

약사의 말이 그림자처럼 따라왔다. 여권을 가져오라고 하지 않은 건 나를 무시해서 그런 것만 같아 더 화가 났다.

시내 약국에서는 오후에 마스크를 판매한다고 했지만,

여권이 없으니 가나 마나였다. 발길이 나도 모르게 사거리 쪽으로 향했다. 기훈이가 보내 준 사진을 다시 살펴봤다. 비싼 걸 감수하고라도 사야겠다는 생각이 들었다.

사거리까지 천천히 걸었다. 거리에는 사람이 드문드문 보였다. 예전 같으면 사람들이 넘쳐 나던 거리였다.

야, 마스크 샀어?

또 기훈이였다.

응. 줄 서서 기다리고 있어.

10시가 넘었는데?

금방 들어왔다나 봐.

거짓말이 술술 나왔다. 여권이 없어서 마스크를 못 샀다는 말은 굳이 하고 싶지 않았다.

학생증이면 되겠지?

그거면 된다고 그랬는데…
한번 알아보고 다시 연락할게.

기훈이도 주민 등록 번호가 적힌 학생증으로만 마스크를 살 수 있다는 사실을 모르는 모양이었다. 오지라퍼답게 열심히 인터넷을 검색하고 있을 기훈이가 머릿속에 그려졌다.

우리 학교는 개인 정보 보호 때문에 학생증에 주민 등록 번호를 안 넣어서 보호자가 같이 가서 확인해 줘야 한대.

당장 단톡방에 알려야지.
혼자 갔으면 완전 쪽 팔릴 뻔했어.

기훈이에게 받은 가장 긴 메시지였다. 얼굴도 가물가물한 엄마 아빠의 확인이 있어야 내 정보를 보호받을 수 있다니. 그럴 거면 내 개인 정보는 보호해 주지 않아도 된다고 소리치고 싶었다.

안변 사거리, 10층짜리 쇼핑센터 1층의 약국 앞에는 사람들이 길게 줄을 서 있었다. 시내 약국은 오후 2시에 마스크를 판다더니, 12시도 안 된 시각인데 제법 줄이 길었다. 약국에서 마스크를 사는 것은 이제 내 능력 밖의 일이었다. 자꾸 화가 났다. 학생증이면 다 된다고 하더니, 어떤 학생증은 되고 어떤 학생증은 안 되는 것도 열불 났다. 종류가 다른 학생증이 있다는 것을 확인하지도 않고 5부제를 실시한 사람들을 향해서도 욕이 나왔다. 내 힘으로는 아무것도 할 수 없는 상황에서 내가 할 수 있는 일이란 화내는 것뿐이었다.

볼에 느껴지는 바람이 습기를 머금어 축축했다.

톡, 톡!

빗방울이 떨어지기 시작했다.

약국 앞에 있는 사람들이 하늘을 올려다보았다. 몇몇은 손을 머리 위로 올렸다. 요즘은 봄에 어울리지 않게 소나기가 잦았다.

'어디서 마스크를 구하지?'

지하철역 입구가 보였다. 몇 시간째 오줌을 참아서인지 다리가 꼬일 정도로 심한 요의를 느꼈다. 발걸음이 빨라졌다.

지하철역 안에도 사람들이 드문드문 보였다. 화장실에 들렀다 나오는데 전화가 왔다.

"오픈 채팅방에서 마스크 번개 세일 한다고 올라왔대."

"그거 불법 아냐?"

말은 시큰둥하게 했지만 찬밥 더운밥 가릴 처지가 아니었다. 게다가 '세일'이라는 말에 귀가 솔깃했다. '불법'이라는 말에 개의치 않는다는 듯 기훈이가 바로 링크 주소를 보냈다.

"한 장당 천 원. 환상적이지 않냐? 게다가 당일 배송."

요즘엔 부르는 게 마스크값이었다. 사람들의 불안감이 가격 인상을 더 부추기는 것 같았다. 이런 상황에 마스크가 천 원이라니…… 구미가 확 당겼다.

오픈 채팅방에 들어가자 주문 메시지가 1초 단위로 올라오고 있었다. 그야말로 주문 폭주였다. 우물쭈물하다가는 모처럼의 행운을 놓칠 것만 같아 안달이 났다.

"야, 난 주문장 냈어. 넌 어쩔래?"

최소 50장부터 주문 가능하다는 공지를 보는 순간 헉 소리가 났다.

5만 원? 그만한 돈이 있을 리 없었다.

"믿을 만하긴 해?"

말은 엉뚱하게 나왔지만 속이 바짝바짝 탔다.

"우리 엄마 꼼꼼한 거 알지? 엄마가 사자는 걸 보면 확실하지."

기훈이의 꼬드김보다는 요구르트 하나를 사도 유산균 수까지 따질 만큼 까다로운 기훈이 엄마 때문에 믿음이

갔다.

"내일 알바비 받으면 줄 테니까 내 것도 같이 주문해 줄래?"

마스크를 사야 할 수 있는 까대기 알바, 믿을 구석이라고는 그것밖에 없었다. 기훈이는 내일 꼭 갚아야 한다면서, 자기가 꿍쳐 둔 돈을 빌려주겠다고 했다. 기훈이가 안 된다고 할까 봐 어찌나 마음을 졸였던지 이마에 땀이 맺혔다.

잠시 뒤 주문에 성공했다는 기훈이의 메시지를 받자 긴장이 풀리면서 다리가 꺾였다.

아침을 대충 먹어서인지 속이 허했다. 편의점에 들어가 티머니 카드로 컵라면을 샀다. 자꾸 실실 웃음이 났다. 내일이면 마스크 50장이 생긴다. 당당하게 알바도 나가고 형과 할머니한테도 선심을 쓸 수 있다는 생각에 박하 향이 퍼지는 것처럼 머릿속이 개운했다. 한 방울도 남김없이 라면 국물을 들이켰다. 앞으로 불고기 도시락도, 훈제 닭 다리도 사 먹을 거다. 며칠째 상에 올라오는 김치찌개는 이제 안녕이다.

편의점 바에 앉아서 느긋한 마음으로 오픈 채팅방을 검색했다. 이제 곧 손에 들어올 마스크를 눈으로 확인하고 싶었다. 기훈이가 알려 준 채팅방 이름을 입력해 보았다.

서비스 운영 정책 위반으로

오픈 채팅방 사용이 제한되었습니다.

이상한 메시지가 떴다. 폐쇄된 채팅방이라는 거였다. 방 이름을 잘못 알았나 싶어 기훈이가 보내 준 주소를 다시 찾아봤다. 잘못 입력한 게 아니었다. 결승선을 통과한 줄 알았더니, 전력 질주 끝에 절벽 아래로 추락한 기분이었다. 피 같은 5만 원이 감쪽같이 사라졌다. 허둥대며 기훈이에게 전화를 걸었다. 계속 통화 중이었다. 스멀스멀 불안감이 올라왔다.

스무 번이 넘게 시도한 끝에 기훈이와 통화가 됐다.

"석우야, 오픈 채팅방이 사기였대. 뭐 이런 일이 다 있냐?"

"그럼 마스크는 어떻게 되는 거야?"

"날아간 거지, 뭐. 너 도와주려고 그런 건데……."

기훈이가 미안해 죽겠다는 듯이 말꼬리를 흐렸다.

"그럼 돈은?"

"그건 갚아야지. 네가 사 달라고 하지 않았으면 돈 빌려주지도 않았을 거 아냐."

"난 주문서도 못 봤는데……."

보지도 못한 마스크 때문에 거금 5만 원을 갚아야 한다니, 한숨이 절로 나왔다. 그러자 딴소리할까 봐 캡처해 놓았다며 기훈이가 사진을 보내왔다. 주문서에는 분명하게 '오기훈, 50장'이라고 쓰여 있었다.

"작정하고 사기 친 걸 어떻게 당해. 그거 내 마지막 용돈이었단 말이야."

기훈이는 다음 주까지 갚으라는 말을 하고 전화를 끊었다. 더 이상 물러설 데가 없었다. 이젠 무슨 수를 써서라도 내일 알바에 가야 한다.

마지막 보루라고 여겼던 과자 할인점에 갈 생각이었다. 한 장만 있어도 알바하러 나갈 수 있으니까.

약국 앞은 마스크를 사려는 인파로 여전히 바글댔다.

"뭐 하러 저렇게 고생하냐? 헌혈하면 마스크 주는데."

두 사람이 수군대며 지나갔다. 머리에 반짝 전구가 켜지는 기분이었다. 하나의 문이 닫히면 다른 문이 열린다더니……. 마침 약국 옆 건물 2층의 '헌혈의 집' 간판이 눈에 들어왔다. 지금까지 헌혈을 해 본 적 없지만, 이 기회에 착한 일도 하고 마스크도 얻을 생각을 하니 자꾸 웃음이 새어 나왔다. 무작정 계단을 뛰어올랐다. 이렇게 간단하게 구할 수 있는데 아침 내내 종종거리고 마음 졸인 게 억울했다.

입구에 적힌 문구가 한눈에 들어왔다.

헌혈하면 KF94 마스크 2매 제공

안내문을 보자 가슴이 쿵쾅거렸다.

“병원마다 피가 부족해 난리인데, 감염될까 봐 헌혈하러 오는 사람이 없어요. 학생, 헌혈할래요?”

홍보 직원이 다가왔다.

“마스크 진짜 주는 거죠?”

불쑥 그 말부터 튀어나왔다.

“그럼요. 당연히 주죠.”

고갯짓으로 안내문을 가리키며 홍보 직원이 웃었다.

나는 고개를 빼고 안쪽을 살폈다. 링거 줄이 꽂힌 채 침대 밖으로 삐죽 나온 팔이 보였다.

“얼마나 걸려요?”

“전자 문진 하고 혈액 검사 하고 헌혈하는 데 15분 정도? 얼마 안 걸려요.”

넉넉잡아 30분 뒤면 마스크가 생긴다니, 그것도 두 장씩이나! 탁월한 선택이라는 말이 이럴 때 쓰는 말이구나 싶었다. 보는 눈만 없으면 만세라도 부르고 싶은 심정이었다.

“대학생 맞죠?”

또래보다 덩치가 좋고 키가 커서 종종 그런 오해를 받은 터라 잠자코 있었다.

"고등학생이어도 상관없어요."

"정말요?"

자격이 안 된다고 또 거절당할까 봐 목소리가 가늘게 떨렸다.

"헌혈 1회에 봉사 활동 네 시간 인정해 주는 거 모르나 보네? 코로나19 때문에 도서관, 복지 회관이 다 문을 닫아서 요즘에는 많이들 헌혈로 대신해요. 며칠 전에 우리 아들도 여기 와서 헌혈했는데, 그때는 마스크도 안 줬어요."

대학 갈 생각이 없어서 봉사 활동에 신경을 안 썼으니 모를 수밖에. 헌혈이 봉사 점수에 들어간다는 것도 처음 알았다. 어쨌든 마스크만 받으면 된다. 잔뜩 졸였던 마음이 물에 떨군 잉크처럼 확 풀어졌다. 내가 어물대자 망설이는 줄 알았는지 홍보 직원이 나를 다짜고짜 끌고 들어갔다. 마침 아저씨 한 명이 팔뚝을 소독솜으로 누르며 자리에서 일어났다. 홍보 직원이 얼른 누우라고 눈짓을 했다.

간호사가 홍보 직원과 몇 마디 나누더니 소독솜으로 내 팔뚝을 쓱쓱 문질렀다. 하도 얼떨떨해서 따끔할 거라는 말도 귀에 들어오지 않았다. 내일 팀장에게 당당하게 마스크 쓴 모습을 보여 줄 생각을 하자 나도 모르게 입이 벌어졌다. 홀가분하게 돈 값을 생각에 마음이 편해져서 잠깐 눈을 감았는데, 그사이 헌혈이 끝났다고 간호사가 알려 줬다.

“마스크는 어디서 받을 수 있어요?”

“마스크? 마스크 남은 게 있나…….”

간호사가 웅얼거리며 컴퓨터 쪽을 슬쩍 보자 직원이 말했다.

“어머, 마스크 좀 전에 떨어졌는데.”

“네? 뭐라고요?”

귓불이 홧홧거렸다. 직원은 아침부터 예상보다 많은 사람이 몰려와서 준비해 둔 마스크가 동났다고 얼굴을 찡그리며 심드렁하게 말했다. 그러니 마스크 교환권과 영화표 두 장 중에서 하나를 선택하라고 했다. 다음 주 월요일 오후에 교환권을 가져오면 마스크로 바꿔 주겠다는 말도 덧붙였다. 당장 내일 쓸 마스크가 필요해서 피까지 뽑았는데……. 내 몫의 마스크를 도둑맞은 것만 같았다. 화가 머리끝까지 치밀었다.

“봉사 점수 때문에 헌혈한 거 아니에요?”

직원이 의아한 눈길로 나를 쳐다보았다.

“난 봉사 점수 같은 거 필요 없고, 마스크만 있으면 된다니까요?”

"없는 마스크를 어디에서 만들어 와요?"

직원이 짜증을 내자 홍보 직원이 다가왔다.

"무슨 일 있어?"

"지금 마스크가 없다는데도 이 학생이 계속 달라잖아요. 마스크가 목적이었으면 헌혈하기 전에 확실히 확인했어야지, 안 그래요?"

홍보 직원과 나를 번갈아 보며 직원이 불퉁거렸다.

"헌혈하면 마스크 준다고 아줌마가 아까 그랬잖아요. 마스크도 없으면서 거짓말한 거예요?"

홍보 직원이 자기 아들까지 들먹이며 나를 꼬드겼다는 생각이 들자 머리 뚜껑이 열릴 지경이었다.

"준다니까. 지금은 아니지만. 우선 교환권 받아 가요. 월요일에 오면 내가 꼭 챙겨 놓았다가 줄게요."

홍보 직원은 내 손을 잡아끌어 새끼손가락을 걸었다.

"월요일엔 필요 없어요. 당장 필요하단 말예요!"

"자꾸 이렇게 억지 쓰면 끌어낼 거예요! 경찰 부를까?"

순진한 학생한테 먼저 사기를 친 사람이 누군데……. 경찰 부르겠다고 협박이나 하고, 적반하장이 따로 없었다.

"마스크 아니면 아무것도 필요 없어요."

눈물이 핑 돌았다. 돌아서는 내 손에 홍보 직원이 영화표 두 장을 쥐여 주었다. 찢어 버리면 또 무슨 트집을 잡을까? 손이 부들부들 떨렸다. 분한 마음에 계단을 내려오는 내내 다리가 후들거렸다.

그사이 빗줄기가 제법 굵어졌다. 길바닥은 벌써 축축하게 젖어 있었다.

머리를 두 손으로 가리고 버스 정류장 가림막 안으로 뛰어 들어갔다. 버스가 지나갈 때마다 물이 튀었다. 비는 그칠 기미가 보이지 않았다. 이리저리 흩뿌리는 빗줄기처럼 마음이 어지러웠다.

"할머니, 생활비 걱정하지 마. 든든한 손자가 둘이나 있는데……."

형이 아무리 걱정하지 말라고 큰소리를 쳐도, 나는 안다. 호텔에서 형한테 연락하지 않으리라는 것을. 형보다 더 힘세고 돈은 적게 받아도 된다는 사람들이 까대기 알바를 하겠다고 줄 서 있다는 것도.

사선으로 흩날리는 빗줄기 사이로 맞은편 과자 할인점이 보였다. 핸드폰에서 기훈이의 메시지를 찾았다. 마스크 한 장에 5천 원. 비싸지만 어쩔 수 없었다. 그거라도 사면 당장 내일은 버틸 수 있다. 횡단보도를 건너는데 비가 죽비처럼 온몸을 때렸다.

가게로 들어서는 내 앞으로 커다란 박스를 들고 주인이 걸어왔다. 오매불망, 내게는 너무나 간절한 마스크 그림이 그려진 박스였다.

"마스크 주세요."

"안 파는데요."

과자를 정리하던 주인이 뒤도 돌아보지 않고 말했다.

"거짓말하지 마세요. 다 알고 왔단 말이에요."

"딴 집인가 보지. 여긴 아니야."

주인이 막무가내로 잡아뗐다. 헌혈의 집에서 당한 일까지 겹쳐 속이 부글부글 끓었다. 핸드폰에 저장된 사진을 주인의 눈앞에 들이밀었다.

"여기, 위치가 딱 맞잖아요!"

"……단속 떴다고 해서 방금 다 치웠어."

주인은 없는 마스크를 어디서 가져오느냐고 계속 발뺌을 했다.

"여기에서 마스크 팔았다고 고발할 거예요. 그러니까 얼른 주세요."

그제야 주인은 투덜거리면서도 초코바와 비스킷이 놓인 진열대 뒤에서 마스크 두 장을 빼 왔다.

"두 장이면 되지?"

협박이 통했는데도 씁쓸했다. 왜 어른들은 꼭 화를 내고 큰소리를 쳐야 내 말을 들어주는 걸까? 내가 떵떵거리는 집 아들이어도 그랬을까?

나는 마스크를 한 장만 뽑아 들었다.

"절대 딴 데 가서 얘기하면 안 된다."

나는 알았다고 대답하며 바지 주머니에 손을 넣었다. 마스크값으로 챙긴 5천 원이 온데간데없었다. 당황하는 내 꼴을 보고 주인의 얼굴이 일그러졌다. 옷에 달린 주머니 네 개를 다 까뒤집어 봤지만, 그 어디에도 돈은 없었다. 그제야 할머니가 날이 쌀쌀하니 따뜻하게 입고 나가라고 했던 게 떠올랐다. 급히 기모 바지로 갈아입으면서 청바지에 넣어 뒀던 돈을 그대로 두고 나온 거였다. 집에 가서 돈을 가져오겠다고 사정했지만, 주인은 장난하냐며 있는 대로 성질을 부렸다.

버스 정류장으로 걸어가는 내내 비를 맞고 있다는 사실마저 의식하지 못할 만큼 나는 지쳐 있었다. 머리카락을 타고 뚝뚝 빗물이 떨어졌다. 정류장 의자에 앉아서야 형이 보낸 메시지를 확인했다.

> 비 온다! 감기 걸리면 안 되니까
> 얼른 집에 들어가!

마스크 못 샀단 말이야.
내 학생증으로는 안 된대.

돈을 빼놓고 왔다는 말을 하면 준비성이 없다는 둥, 덜렁대더니 그럴 줄 알았다는 둥 형이 잔소리를 늘어놓을 게 분명했다. 마스크를 꼭 사야 하는데……. 지난 몇 시간이 억울하고, 무엇보다 나 자신에게 화가 났다. 으슬으슬 춥고 목까지 말랐다. 맥이 다 빠져 걸을 힘조차 없었다. 집으로 가는 마을버스가 정류장으로 천천히 들어오고 있었다.

어디에서 빠졌는지 아무리 뒤져도 마스크가 보이지 않았다. 고개를 숙이고 입을 가린 채 맨 뒷자리에 가 앉았다. 기침이라도 했다간 눈총을 받을 게 뻔해서 숨소리까지 죽였다. 거리 두기 때문인지 궂은 날씨 때문인지 버스 안은 한산했다.

버스가 막 출발하려는 순간, 일흔쯤 돼 보이는 할머니가 팔을 내저으며 달려왔다. 버스에 겨우 올라탄 할머니는 숨이 찼는지 마른기침을 해 댔다.

"할머니, 마스크 없으세요?"

"도통 구할 수가 있어야지……."

그러자 기사 아저씨는 운전석 밑에서 마스크를 꺼내 할

머니에게 내밀었다.

“다행히 한 장이 남아 있었네요. 다음부터는 꼭 마스크 하셔야 돼요.”

“아이고, 고맙기도 해라.”

그 마스크가 내 거였으면 싶었다.

차가 출발하자 통로 왼편에 앉아 있던 아저씨가 할머니에게 말을 걸었다.

“왜 마스크를 안 쓰세요?”

“우리 아들 주려고. 요즘 마스크 구하기가 하늘의 별 따기라던데…….”

할머니는 마스크를 주머니에 집어넣고 공연히 입가를 훔쳤다. 나도 모르게 우리 할머니가 떠올랐다.

긴장이 풀려서인지 어느 순간 눈이 스르르 감겼다. 사람들이 타고 내리는 소리, 버스 문이 열리고 닫히는 소리가 어렴풋이 들렸다.

“할머니, 버스가 정차하면 그때 내리세요. 미리 일어서지 마시고요.”

기사 아저씨의 고함 소리에 얼핏 잠이 깼다. 버스 안에 탄 사람들은 창밖을 보거나 조는지 고개를 숙이고 있었다. 앉지도 서지도 않은 엉거주춤한 자세로 의자에 엉덩이를 걸치고 있던 할머니가 벌떡 일어섰다. 주머니에서 반쯤 삐져나온 마스크가 보였다. 팔만 뻗으면 닿을 것 같았다.

"미리 일어나지 마시라니까요."

기사 아저씨의 말과 동시에 할머니의 몸이 휘청, 옆으로 쏠렸다.

툭!

반쯤 나와 있던 마스크가 바닥에 떨어졌다. 그런 줄도 모르고 할머니는 허둥대며 문 쪽으로 몸을 틀었다. 무슨 일인가 싶어 쳐다보던 사람들은 이내 흥미를 잃고 고개를 떨구었다. 엉덩이를 비비적대며 의자 끝으로 가서 마스크에 발을 올렸다. 주위를 두리번거렸지만 아무도 나한테 신경 쓰는 사람이 없었다. 발바닥에 힘을 주고 의자 밑으로 마스크를 살살 밀었다. 몸을 구부리고 빛의 속도로 마스크를 집었다. 주머니에 그걸 넣고서야 휴, 한숨이 절로 나왔다.

"학생도 내리나?"

"아뇨."

의자가 푹 꺼지도록 세게 몸을 내려놓았다.

"기사 양반, 고맙수."

할머니가 내리고 문이 천천히 닫혔다. 마스크를 잃어버린 걸 알고 할머니가 버스를 가로막을 것만 같았다. 눈을 감았다. 눈을 뜨면 마스크가 없어질 것 같았다. 그렇게 마음의 소용돌이 속을 헤매다 나도 모르게 잠에 빠져들었다.

"학생, 학생! 종점이야!"

기사 아저씨가 어깨를 흔드는 바람에 눈을 떴다. 통로에 밀대가 담긴 물통이 놓여 있었다.

얼른 주머니에 손을 넣어 봤다. 손끝에 마스크가 느껴지자 심장이 멎을 것 같았다.

'어차피 마스크 없는 승객한테 주는 거잖아. 지금 마스크가 제일 필요한 사람이 나 말고 또 누가 있겠어?'

속으로 그렇게 몇 번이고 되뇌었다. 이건 도둑질이 아니다, 아니다…….

"차 문 닫아야 하는데, 안 내리니?"

"뭘 떨어뜨린 것 같아서요."

나는 몸을 구부려 의자 밑으로 머리를 집어넣었다. 최대한 자연스럽게 행동해야 한다는 생각만 했다. 떨어뜨린 핸드폰을 집는 것처럼.

"찾았어? 청소하고 방역해야 해서 무조건 다 내려야 한단다."

나는 엉거주춤 자리에서 일어났다.

"저기 맨 앞에 있는 저 차가 곧 나가는 차야."

기사 아저씨가 버스 대여섯 대가 있는 곳을 가리켰다.

"어이쿠, 비가 와서 그런가 기온이 확 떨어졌네. 학생도 비 맞지 말고 얼른 집에 가."

막 버스에서 내렸을 때 사무실 직원인 듯한 사람이 기사 아저씨 쪽으로 급하게 다가왔다. 마스크 어쩌고 하는 말이 멀리서도 들렸다.

기사 아저씨를 향해 꾸벅 인사하고 버스 쪽으로 달렸다. 한 손으로는 마스크가 든 주머니를 꽉 잡고, 한 손으로는 머리를 가리면서.

다행히 버스 문이 열려 있었다. 다른 기사 아저씨가 소독약을 뿌리고 수건으로 의자 등받이와 손잡이를 닦고 있었다.

"물에 빠진 생쥐가 따로 없네. 감기 걸리면 큰일이니 얼른 타라."

친절하게도 기사 아저씨가 운전석에서 마른 수건을 꺼내 나에게 건넸다.

버스 뒷자리에 앉아 주머니에 손을 넣자 마스크가 만져졌다. 가슴이 빠르게 뛰었다. 덜컹거리는 가슴이 진정되기는커녕 딸꾹질까지 났다.

빨리 여기서 빠져나가고만 싶었다.

끼익.

버스가 서서히 움직였다.

창문을 타고 흘러내리는 거센 빗발이 내 몸을 후려치는 것 같았다. 머리가 지끈거렸다. 송곳으로 찌르는 듯 가슴 한쪽이 아파 왔다. 얼굴에 확 열기가 올라왔다. 이마를 짚어 보니 미열이 있는 것도 같았다.

혹시……?

"콜록콜록!"

마음에 쌓인 열기를 토해 내듯, 기침이 쏟아졌다.

작가의 말

텅 빈 거리와 닫힌 상가들, 마스크를 쓴 채 경계의 눈빛으로 힐끔대는 사람들, SF 재난 영화의 한 장면 같은 현실이 언제 끝날지 기약이 없다. 설사 백신이 나오고 치료제가 개발된다 해도 인류의 삶은 코로나19 이전과 이후로 나뉠 거라는 불길한 전망이 우세하다.

이 글을 쓰면서 어른들의 의무와 아이들의 권리를 많이 생각하게 되었다. 더 많은 고기를 먹고, 더 좋은 차를 타고, 더 안락해지기 위해 지구를 회복할 수 없는 지경으로 망가뜨린 어른들 때문에 미래 세대는 아주 많은 것을 포기해야 할지 모른다.

이 글을 읽는 청소년들이 마땅히 누려야 할 자신들의 권리를 더 늦기 전에 되찾았으면 좋겠다. 그러기 위해서는 환경에 대한 주인 의식을 품고 적극적인 채권자가 되어야 한다. 물을 아껴 쓰라고, 비닐봉지와 일회용품을 쓰지 말라고, 분리수거를 잘하라고, 북극곰을 살리는 모금 운동에 동참하라고 어른들에게 끊임없이 독촉하고 요구해야 할 것이다.

여러분의 건투를 빈다.

격리된 아이

초판 1쇄 펴낸날 2020년 7월 20일
초판 8쇄 펴낸날 2022년 4월 21일

지은이 김소연 윤혜숙 정명섭
펴낸이 홍지연

편집 고영완 정아름 김선현 전희선 조어진
디자인 전나리 박태연 박해연
마케팅 강점원 최은 이희연
경영지원 정상희

펴낸곳 ㈜우리학교
출판등록 제313-2009-26호(2009년 1월 5일)
주소 03992 서울시 마포구 동교로23길 32 2층
전화 02-6012-6094
팩스 02-6012-6092
홈페이지 www.woorischool.co.kr
이메일 woorischool@naver.com

ISBN 979-11-90337-40-3 43810

• 책값은 뒤표지에 적혀 있습니다.
• 잘못된 책은 구입한 곳에서 바꾸어 드립니다.